내 사랑 모모에

2010년 3월 20일 인 쇄
2010년 3월 24일 발 행

글 ∥ 김은혜
그림 ∥ 김은지
디자인 ∥ 김수용
발행인 ∥ 김수경

발행처 ∥ 디자인소리
서울시 종로구 명륜동4가 198-3
www.dsori.com
sykimok@hanmail.net
Tel : 02-766-7629
Fax : 02-581-2912

저작권법의 보호를 받는 저작물이므로 무단 전재 및 복사를 금합니다.
책값은 뒤표지에 있습니다.

ISBN 978-89-960394-4-0 03830

copyright ⓒ Kim Eunhye, 2010
picture copyright ⓒ Kim Eunji, 2010

내 사랑 모모에

김은혜 글 | 김은지 그림

삶의 절벽 위에서 가족들의 손을 놓지 않았던
나의 어머니께 이글을 바칩니다

내 이름은 데레사.

나이는 41세, 민들레 마을에 살고 있다.

지금은 교회 상담실에서 일하고 있고, 작년까지는 민들레 카페에서 매니저로 일했다.

이 이야기는 내 친구 모모에와 나에게 작년 봄부터 일어난 일이다.

내 사랑 모모에

민들레 마을에는 민들레 국수집, 민들레 수예점, 민들레 병원,

민들레 옷 가게 등 민들레가 들어간 이름이 무척이나 많다.

민들레 카페는 카푸치노와 치즈케이크,

아세로라무스가 맛있기로 유명하다.

북해도에서 가져오는 신선한 우유로 만드는 것이라

아주 인기가 좋다.

카페는 아담한 테라스가 있는 화이트 색 2층 건물에 있다.

모모에의 엄마가 카페의 주인이다.

모모에 엄마와 나는 카페 건물 2층에 같이 산다.

나는 모모에 엄마를 카페 엄마라고 부른다.

카페 엄마는 주로 2층에서 케이크를 만들고,

내가 바쁘거나 외출할 때는 가끔 2층에서 내려오신다.

카페는 나와 아르바이트생 마사오가 책임지고 있고,

모모에는 시간이 날 때마다 도움을 준다.

모모에 가족과 나는 동네 메구미 교회에 다닌다.

일요일 아침마다 카페 엄마는 머핀을 구워 교회에 가져가신다.

교회에 오시는 할머니들에게 나눠주시기 위해서이다.

모모에는 교회에서 아이들을 가르친다.

요즘은 집에서 다윗과 골리앗을 그리고 있다.

골리앗 얼굴이 얼마나 웃긴지, 정말이지 웃음을 참을 수가 없다.

모모에는 그림을 아주 못 그린다.

이번 주 모모에의 남편은 골리앗 가면을 쓰고 교회에 나타날 것이다.

모모에는 커피를 무척이나 좋아한다.

그녀의 소원 중 하나는

그녀의 사진이 실린 커피 광고가 외국 잡지에 나는 것이다.

나의 취미는 탱고와 가스펠 음악 듣기이다.

내가 처음 모모에를 만난 건 고등학교 2학년 때였다.

나와 같은 반이었지만 별로 친하지는 않았다.

그녀는 약간은 큰 키에 얼굴이 동그랗고 귀여운, 보통 아이였다.

공부는 웬만큼 하는 편이었지만, 친한 친구 외에는

말도 거의 안 하는 편이라 별로 존재감이 없는 친구였다.

그 해 가을 난 어머니를 여의었다.

우리 집은 무척이나 가난했다.

아버지께서는 내가 여섯 살 때 이미 돌아가셨다.

이후 엄마는 갖은 고생을 하며 나와 연년생인 내 동생을 키우셨다.

집에 돈은 하나도 없었고, 당장 내가 벌지 않으면,

끼니마저 걱정해야 할 처지였다.

나는 점심 도시락을 싸가지도 못했다.

엄마를 잃은 충격에, 난 반쯤 정신이 나간 상태였다.

내 동생이 아니었다면,

어떤 극단적인 선택을 할 수도 있는 상황이었다.

내 미래는 너무나도 어두웠다.

그런 나를 멀리서 바라보고 있었던 사람이 바로 모모에였다.

어느 날, 모모에가 그녀의 엄마와 함께 우리 집에 찾아왔다.

지금도 그 날을 잊을 수가 없다.

너무나도 초라하고 궁색한 우리 집을

같은 반 친구에게 보여준다는 사실에 자존심이 상하고 서글펐다.

어디 쥐 구멍이라도 있으면 들어가고 싶은 심정이었다.

변변한 가구 하나 없이 다 쓰러져가는 조그만 방 한 칸,

바로 내가 사는 곳이었다.

사람들은 모모에 엄마를 '모터 달린 발'이라고 불렀다.

동네에 모르는 사람 하나 없을 정도로 발이 넓어서 붙은 별명이었다.

성격이 남자 같고 활달하시다.

그 분 덕분에 나는 조그마한 국수가게에 취직할 수 있었다.

모모에는 아침마다 나와 내 동생의 도시락을 가지고 우리 집에 왔다.

이 정도면 사람들이 나와 모모에의 사이가

아주 좋았을 거라고 생각했을 지도 모른다.

하지만 난 그녀에게 극도로 말을 아꼈다.

그녀도 내 마음을 아는 지,

특별한 경우를 제외하고는 나에게 말을 걸지 않았다.

그 해 겨울방학, 모모에의 엄마는
가끔 쌀이나 이불 같은 것을 가지고 우리 집에 오셨다.

고등학교 3학년.
난 모모에와 다른 반이 되었다.
솔직히 편하고 좋았다.
도시락을 받을 때만 빼고는 그녀를 의식할 필요가 없었다.
난 매일 학교가 끝나자마자 국수가게로 일하러 가야만 했다.
대학은 일찌감치 포기했다.
공부를 무척이나 잘 하는 내 동생을 위해서,
빨리 돈을 벌기로 결심했다.
그러던 어느 날, 누군가 등 뒤에서 내 이름을 부르는 소리가 들렸다.
모모에였다.

　"할 이야기가 좀 있는데, 언제 시간이 있니?"

좀처럼 그런 일은 없었기에, 조금은 놀랐다.
우린 주말에 학교 앞 공원에서 만나기로 했다.
그녀가 도대체 무슨 이야기를 할 지 너무나 궁금했다.
그녀는 약속시간에 10분 늦게 나왔다.

아주 미안하다며, 나에게 고민을 털어놓기 시작했다.

그녀가 사랑에 빠진 것이다.

그것도 우리 반 남자애한테……

그녀의 성적은 곤두박질 치고 있었다.

좀처럼 공부가 되지 않는다고 했다.

하필 입시를 앞둔 고3 때 첫사랑이 찾아온 그녀.

난 그 심정을 이해할 수 있었다.

나 또한 그녀와 같은 경험을 했었기에……

모모에는 그 남자애에 대해 알고 싶었던 것이었다.

결국 그녀는 고민 끝에,

나와 그 애가 같은 반이라는 이유로 도움을 청해온 것이다.

난 모모에를 도와주고 싶었다.

모모에는 나와 내 동생을 위해서

매일 아침 도시락을 가져다 주는 고마운 친구였다.

어떻게 해서라도 보답하고 싶었다.

그녀의 첫사랑은 스즈끼였다.

얼굴도 잘 생기고 운동까지 잘 해서인지,

주변에 여자애들이 꽤 관심을 보이는 아이였다.

학교가 끝나고 항상 운동장에 남아서 농구를 하곤 했다.

모모에는 그 모습에 반했나 보다.

나는 가끔 모모에를 만나

교실에서 내가 보는 스즈끼에 대해서 이야기해주었다.

모모에는 아무 말 없이 듣고만 있었다.

그렇게 난 모모에와 빠르게 친해졌다.

그 때부터 난 그녀에 대해 조금씩 알아가기 시작했다.

그녀는 서점에 가는 것을 무척이나 좋아했다.

같이 책도 보고 음악도 듣고 햄버거도 먹으면서

많은 이야기를 나누었다.

모모에는 항상 나를 위해 무언가를 사주고 싶어했다.

그녀는 나와 헤어질 때면 시집이나 CD를 선물로 주곤 했다.

처음엔 스즈끼 때문일 거라고 생각했었다.

하지만 시간이 지날수록 그게 아니라는 것을 알았다.

대학입시 때문에 모모에는

여름방학 내내 도서관에서 시간을 보내고 있었다.

난 일을 마치고 모모에를 만나러 도서관에 가곤 했다.

어느 날, 도서관 입구에서 누군가를 기다리는 스즈끼가 보였다.

그 순간, 머리 속에 모모에가 떠올랐다.

그 때 어디서 그런 용기가 갑자기 생겼는지 나도 모르겠다.

"스즈끼!" 하고 내 입술로…… 외쳐버렸다.

스즈끼는 깜짝 놀란 얼굴을 하면서 나를 쳐다보았다.

심장이 쿵쾅거리는 것을 꾹 참느라 혼이 났다.

일부러 기죽지 않으려고, 약간은 도도한 목소리로 말했다.

　"내 친구가 너한테 관심 있는데, 만날 생각 있니?

　　…… 혹시 생각 있으면 내일 저녁 일곱 시에 바이올렛 카페로 와.

　　…… 우리가 저녁 살게."

난 바람처럼 그 자리를 떠났다.

더 이야기했다간 우스운 사람이 될 것 같았다.

그날 저녁, 모모에는 잠을 무척이나 설쳤다고 했다.

그 때까지 난 모모에가 이성교제에 있어서

그렇게 답답하고 꽉 막힌 아이인지 정말 몰랐다.

나름 그녀의 소원을 풀어준다는 심정으로

어렵게 마련해준 자리였는데……

스즈끼는 30분이나 늦게 나타났다.

그 동안 모모에는 너무나 긴장한 표정이 역력했다.

혹시 안 나오는 것은 아닐까?

나야 스즈끼녀석 안 나와도 그만이지만…….

소심한 모모에는 무척이나 기대되고 떨리는 눈치였다.

드디어 둘의 독대가 시작될 시간이었다.

난 스즈끼가 나타나자 벌떡 일어서서 말했다.

　"소개할게.

　　내 친구 모모에…

　　그럼 나는 이만."

나는 카페를 나와 계단을 내려왔다.

하지만 난 둘이 어떤 모습일 지 정말 궁금했다.

반대편으로 돌아가, 창문 너머로 몰래 유심히 쳐다보았다.

그 모습을 보는 순간, 정말!

정말 답답해서 미치는 줄 알았다.

모모에의 눈은 마시고 있던 콜라의 빨대에 고정되어서

움직일 줄을 몰랐다.

내가 창문에 기대 10분을 서있는 동안,

그녀는 한번도 제대로 고개를 들지 못했다.

전날 미리 만나, 남자애와 이야기하는 법이라도 가르쳐줬어야 했다.

정말 후회가 됐다.

그날, 난 모모에가 앓고 있던 병의 비밀을 알고야 말았다.

좋아하는 남자만 보면

인간 마네킹으로 변신하는 끔찍한 병이었던 것이다.

스즈끼도 참 대단했다.

여자가 앞에서 말 한마디 못하면, 남자가 대충 분위기 파악을 하고

이것 저것 물어보거나 무슨 말이라도 하거나 해야 할 텐데,

그 애는 아주 가끔 한마디씩만 슬쩍 할 뿐이었다.

그날의 결과는 물어볼 필요도 없었다.

여름방학이라, 개학까지 학교에서 스즈끼를 마주치지 않아도

된다는 것이 정말 천만다행이었다.

모모에는 그 해 겨울 대학 진학에 실패했다.

나는 먼 친척의 소개로 오사카에 있는 한 전자회사에 취업이 되어

모모에와 작별을 해야 했다.

우린 서로 연락을 거의 하지 않고 지냈다.

다음 해 그녀는 대학에 들어갔고,

그 해 가을 정말 오랜만에 그녀를 만났다.

그녀는 많이 변해 있었다. 숙녀 티가 물씬 났다.

불어를 공부한다고 했는데,

공부에는 별로 흥미를 느끼지 못하는 것 같았다.

문학 서클에 가입해서 주로 그 쪽 친구들과 어울리며 지낸다고 했다.

아는 남자들은 많이 있는데, 사귀는 사람은 없다고 했다.

모모에는 여전히 이성교제에는 실속도, 재주도 없었다.

난 그녀에게 별명을 지어주었다.

'손가락 기부스'

그녀는 도통 먼저 연락을 하지 않는다.

그 날의 만남도 내가 연락해서 이루어진 것이었다.

처음엔 좀 섭섭했지만, 그녀는 나를 무척이나 반가워했다.

말도 많아지고 많이 밝아진 느낌이었다.

그날 난 모모에의 집에서 잠을 잤다.

모모에는 4남매 중 막내다.

그녀의 부모님은 그녀를 무척이나 예뻐하셨다.

그 전까지는 몰랐는데,

집에서의 그녀는 버릇 없고 애교 많은 철부지 막내딸 그 자체였다.

그 애교를 이성교제에 써먹지 못하는 그녀가 정말 이상할 뿐이었다.

고등학교 시절 그녀의 모습은 거의 찾아볼 수 없었다.

다만, 나에게 무언가 끊임없이 주려고 하는 모습만은 여전했다.

그날 밤 모모에는

자기가 좋아하는 클래식 음악을 열심히 녹음해서 줬다.

오사카에 돌아와 나는 그 테이프가 늘어나도록 그 음악만 들었다.

모모에는 학교를 그만두고 요리 공부를 하러

프랑스로 떠나고 싶다고 했다.

보수적인 아버지때문에 고민이 심한 것 같았다.

지금도 모모에는 그 때 유학을 쉽게 포기한 것을 후회하고 있다.

물론 선택되지 않은 그 길의 결과는 하나님만 아신다.

모모에 아버지께서는 사업을 하셨다.

다른 형제들에게는 엄하게 대하셨지만,

모모에게만은 전혀 다르셨다.

출근할 때도 모모에를 주머니에 넣어

데리고 가고 싶다고 하실 정도로 예뻐하셨다.

그러나 정작 모모에는 밤 아홉 시면 집에 돌아가야 하는 상황을

아주 답답하고 싫어했다.

하지만, 그런 모모에게도 어떤 틀에서 벗어나기 싫어하는 부분이

있다는 것을 난 알고 있었다.

그녀는 흐트러진 모습을 잘 보이지 않는다.

조금만 마셔도 얼굴이 홍당무처럼 변하기 때문에

술도 거의 마시지 않는다.

가끔 그녀가 답답하다고 느껴질 때가 있는데,

아마 보수적인 집안 분위기의 영향일 것이다.

언젠가 나는 그녀에게 "만약에 남편이 바람을 피면 넌 어떨 것 같니?"

하고 물어본 적이 있다.

그녀는, 남편이 진심으로 뉘우치면

가슴에 묻고 지나갈 것 같다고 말했다.

그 이유는 단 하나, 아이 때문이란다.

모모에 집안도 초등학교 2학년 때 크게 망한 적이 있다고 했다.

엄청난 빚을 진 부모님은 매일 독촉에 시달렸고,

어디론가 떠나버린 아버지 대신

엄마가 매일 식구들 끼니 걱정을 해야 했다.

엄마가 죽음까지 생각할 정도로 절박했었다는 걸

엄마의 일기장을 훔쳐보고 알게 된 꼬마 모모에는

다음날부터 학교가 끝나자마자 집으로 돌아와

돈 벌러 나가신 엄마를 기다렸단다.

엄마가 조금이라도 늦기라도 하는 날에는,

대문 앞에 바위처럼 앉아 돌아오지 않는 엄마를 기다렸다.

늦은 저녁, 팔러 나간 물건을 양 손에 들고 언덕길을 올라오는

엄마의 모습을 모모에는 잊을 수가 없다고 했다.

아마도 그 기억이 나와 모모에를 도시락으로 연결해줬을 것이다.

다음날 아침, 우리는 일찍 일어나 정말 여러 군데를 돌아다녔다.

높은 구두를 신고 나온 그녀는

발이 아프다고 칭얼대면서 쉬었다 가자고 자꾸만 졸랐다.

오사카로 돌아가는 기차역에서,

모모에가 무언가를 잔뜩 사가지고 왔다.

도시락, 껌, 과자, 음료가 가득 든 봉지를 내 가슴에 안겼다.

그녀는 기차가 떠나 그녀 모습이 작아져 안보일 때까지

역에서 손을 흔들며 서있었다.

모모에를 다시 만난 건 그로부터 2년 후였다.

그녀는 자신의 진로에 관해 무척이나 고민을 하고 있었다.

승무원 시험을 보고 싶어했다.

나는 살만 조금 빼고 영어 공부만 꾸준히 한다면,

불가능하지 않을 것 같다고 했다.

하지만 그녀 집안에서는

막내 딸이 집을 떠나 해외로 다니는 것을 원하지 않았다.

모모에는 그 해 겨울 유럽으로 여행을 간다고 했다.

어떻게 허락을 받았냐고 물었더니, 투쟁을 벌여 얻은 승리라고 했다.

부모님이 좋아하는 모범생 친구와 같이 간다는 조건으로….

그녀는 착한 친구들의 도움으로 무사히 대학을 졸업했다.

시험 볼 때 친구들의 노트를 꽤나 빌린 것 같았다.

졸업하고 몇 달 후, 모모에는 한국으로 떠났다.

그녀의 주특기인 아세로라무스는

한국에서 만난 해인이라는 친구에게서 배운 것이다.

모모에는 해인을 두고,

지금까지 만난 친구 중에 제일 예쁘고 고상한 사람이라고 했다.

진아라는 친구에게서는 한국어를 배웠다고 했다.

몸이 아파 기숙사에서 혼자 앓고 있을 때,

진아가 죽을 끓여와 돌봐준 적이 있단다.

모모에는 그 때 그 흰 죽을 먹으면서 많이도 울었다고 했다.

그 친구는 결혼해서 '동화'와 '별'이라는, 예쁜 쌍둥이 딸을 낳았단다.

3년 전 내가 맹장 수술을 받았을 때,

날 돌봐준 건 모모에의 엄마였다.

내가 오사카 병원에 있다고 했더니, 모모에는 엄마를 보냈다.

병원에서 모모에 엄마와 많은 이야기를 나누었다.

그날 밤, 민들레 카페를 열기로 결정했다.

그렇게 모모에 엄마는 카페 엄마가 됐다.

모모에의 남편은 한국 사람이다.

이름은 김태우, 제법 큰 회사에서 연구원으로 일한다.

처음 태우를 봤을 때, 옆집 아저씨가 나온 것 같은 인상이었다.

큰 머리에 약간은 불룩한 배가, 인상 좋고 마음씨 좋게 보였다.

태우는 모모에를 자기 여동생처럼 예뻐한다.

두 사람은 부부라기보단 오누이처럼 보인다.

신혼 때는 많이 싸우더니, 요즘은 친구처럼 사이가 좋다.

태우는 모모에가 쇼핑 갈 때마다 꼭 따라다닌다.

백화점 음식 코너를 너무나 사랑하기 때문이다.

분홍색 가방을 든 여자 뒤에 쫓아다니는

머리 큰 남자를 백화점에서 본다면

그건 모모에 부부일 가능성이 크다.

모모에 집안 사람들은 태우를 아주 좋아한다.

그는 겸손하고 사려 깊다.

단, 고집이 좀 세고, 화가 나면 아주 무섭다.

그의 취미는 중고 자동차 구경하기이다.

모터쇼란 모터쇼는 다 챙기며 손꼽아 기다릴 정도로

자동차를 좋아하는 태우다.

모모에는 요즘 태우에게 왈츠를 가르치고 있다.

태우는 그녀가 다른 남자와 춤추는 것을 좋아하지 않기 때문에,

직접 나선 것이다.

세상에 그렇게 리듬을 못 타는 남자를 보는 건 쉽지 않다.

태우는 인간 막대기이다.

하지만 부인을 위해 무척이나 열심히 춤을 배운다.

그들은 '요시아'라는, 초등학교 6학년이 된 아들이 있다.

아빠를 닮아 머리가 크다.

요시아는 아주 귀엽고 말을 잘 한다.

아주 착해서 불쌍한 사람이나 동물을 그냥 못 지나친다.

그런 아이가 요즘은 사춘기에 접어들었는지,

비밀이 점점 많아지고 있다.

자기 방 문 앞에 '노크'라고 크게 써서 붙여놓았다.

요시아는 크리스마스가 돌아오면

나에게 낙엽으로 장식된 카드를 보낸다.

동생이 없다고 졸라대는 바람에,

모모에는 2년 전 비숑프리제라는 강아지를 한 마리 사 주었다.

이름은 '앤'이다.

이 집에 생길 강아지의 이름들은 이미 다 결정돼 있다.

첫째는 '앤', 둘째는 '달러', 셋째는 '유로'……

요시아의 아이디어다.

엄마가 용돈을 조금밖에 주지 않아서 그렇게 지었다고 한다.

앤은 커갈 수록 점점 머리가 커졌다.

꼭 하얗고 순한 양 같다.

앤을 가장 좋아하는 사람은 카페엄마다.

카페엄마한테 앤은 둘째 손자이다.

5년 전 남편을 잃은 후, 카페엄마는 부쩍 외로움을 타신다.

천사 같은 앤의 눈을 보고 있으면, 내 마음도 맑아진다.

모모에 가족은 여행을 좋아한다.

마치 여행을 위해 탄생한 가족 같다.

모모에는 남편이 은퇴하면 유럽에 가서 카페를 운영하고 싶어한다.

남편도 찬성이다.

언젠가 어느 스위스 언덕의 카페에서

모모에 가족을 만날 날이 올 것이다.

그렇게 많이 다니면서도,

여행 갈 시간이 없다며 모모에는 항상 투덜거린다.

카페 엄마는 요즘 꽃 가꾸는 취미에 빠져있다.

테라스에 엄마가 키우는 꽃이 한가득이다.

동네 사람들은 민들레 카페를 좋아한다.

예쁜 꽃들이 많아서, 보고 있으면 우울했던 기분도 좋아진다고 한다.

봄에 나무로 된 테라스에 앉아

활짝 핀 벚꽃을 보며 커피를 마시면 천국에 있는 듯 하다.

아름답고 평화로운 마음에,

세상의 걱정 근심이 모두 사라지는 듯 하다.

커피 향 짙은 카페 안에서 모모에가 선곡한 음악을 듣고 있으면

나 혼자 이 아름다움을 느끼는 것이 아쉽다.

내가 사랑하는 사람들 모두와 같이 느끼고 싶다.

가끔 내가 가르치는 탱고교실 학생들이 놀러 올 때가 있다.

아주 다양한 성별, 직업, 나이를 가진 사람들이다.

하지만 그들도 모모에와 친해지기는 쉽지 않다.

그녀는 처음 보는 사람에게 낯을 많이 가린다.

몇 번을 만나서 자기 마음에 들 때에야 겨우 말문이 열린다.

모모에는 자신이 선택한 사람만을 친구로 생각한다.

그래서 그녀의 친구들은 수는 적지만, 매우 친밀하다.

그녀의 마음에 들지 않는다면,

내 친구라고 해서 그녀한테도 친구가 되기는 어려울 것 같다.

모모에는 카푸치노를 아주 좋아한다.

그녀가 테라스에 앉아 커피를 마시며 책을 보고 있는 모습은

참 편안해 보인다.

옆에서 커다란 앤이 자기도 먹고 싶다며

카푸치노 잔을 뚫어져라 쳐다보고 있다.

커피, 모모에의 눈, 앤의 눈동자가 삼각형 구도이다.

앤은 먹을 것만 보면 어쩔 줄 몰라 하며 좋아한다. 태우와 꼭 닮았다.

강아지가 살찐다고 모모에가 말리기는 하지만,

난 그녀 몰래 먹던 케이크를 앤에게 떼주곤 한다.
그러면 앤은 좋다고 내 볼에 혓바닥으로 침을 묻혀댄다.

모모에는 일주일에 한번씩 첼로를 배우고 있다.
현악기에 관심이 많다.
기껏해야 몇 달 가다 말 거라고 생각했는데,
어느 새 일년이 넘어가고 있다.
그녀가 첼로를 배우고 있다는 걸 아는 사람은 아주 적다.
한번은 그녀가 첼로를 메고 가는 것을 보고,
동네 아주머니가 음악을 전공했냐고 물었다.
그 날 이후, 모모에는 절대로 첼로를 메고 다니지 않는다.
학원에 두고 다닌다고 한다.
그녀가 첼로를 배우기 시작할 때의 그녀의 연주 소리는
쇠 긁는 소리였다. 소음 그 자체였다.
요즘은 간단한 동요나 소품은 연주한다고 한다.
그녀의 목표는 올 겨울 크리스마스 때
교회에서 찬송가를 연주하는 것이라 했다.
민들레 카페의 DJ인 모모에는 첼로와 비올라 음악에 심취해 있다.
특히 비올라로 연주한 탱고 곡에 푹 빠져있다.

하루에도 몇 번씩 틀어대는 통에, 나한텐 이제 너무 지겹다.

처음 그 곡이 민들레 카페에 흘러 나왔을 때

하루 종일 머리 속으로 스텝을 밟느라 집에 가면 녹초가 되었다.

상상으로 육체노동을 하는 것도 정말 피곤해질 수가 있다.

모모에의 첼로 선생님은 스물 일곱 살이다.

그녀 말로는 예쁘고 날씬하다는데, 무엇보다도 마음이 착한 것 같다.

모모에가 엉망인 연주를 해도 항상 칭찬을 해준다니…….

요시아가 나이가 좀 많았어도 며느릿감 후보 일순위란다.

가끔 첼로 선생님이 좋은 곡을 추천해 주는 것 같다.

지난 달 내내 민들레 카페에는 첼로 곡만 끊임없이 흘러나왔다.

가끔 모모에가 악보를 복사해갈 때가 있는데,

선생님이 보고 직접 연주해준다고 한다.

모모에는 그 순간을 아주 행복해한다.

심장이 요동치는 감동이 온다고 한다.

모모에는 요즘 마리모를 아주 정성스럽게 키우고 있다.

작년 겨울 북해도로 여행가서 사온 것인데, 동그란 지구본 모양이다.

종종 아주 깊은 생각에 잠겨서 그 마리모를 물끄러미 쳐다보곤 한다.

그녀는 책이나 신문에서 좋은 글을 보면

복사해서 모으는 취미가 있다.

그래서인지 몰라도 상식이 아주 풍부하다.

얼마 전 모모에 부부와 나, 셋이서

텔레비전 퀴즈 프로그램을 본 적이 있다.

그녀가 어찌나 답을 잘 맞추는지, 다들 입이 벌어져라 놀랐다.

태우는 방송에 나가라고 그녀를 자꾸 부추겼다.

자기가 퀴즈 프로그램에 신청해 줄 테니

상금을 받으면 차를 한 대 사달라는 것이다.

태우는 자동차에 열광한다.

지금 타고 있는 차는 10년이 넘은 중고차인데, 여전히 잘 달린다.

얼굴과 어울리지 않게, 태우 차의 색은 빨간 색이다.

모모에는 오후에 잠깐 우체국에 다녀오겠다고 했다.

가끔 무언가를 포장해서 소포를 보내곤 하는데

문득 궁금해져서 물어볼까 하다가 꾹 참았다.

이상하게도 오늘 저녁은 손님이 없다. 이슬비가 부슬부슬 내린다.

조금 전 의자에 앉아

마리모를 가만히 쳐다보는 모모에에게 다가갔다.

　"너 무슨 일 있지, 모모에?"

그녀는 살짝 웃기만 했다.

　"말 해봐, 모모에. 궁금해 죽겠어."

잠시 뜸을 들이더니, 그녀가 말을 꺼냈다.
좋아하는 남자 배우가 생겼다는 것이다.
나이는 자기보다 조금 어린데,
이상하게 머리 속에 계속 맴돈다고 했다.
지난 가을부터 자기가 좋아하는 음악 CD랑 책 등을
편지와 함께 보냈다고 털어놓았다.
누구냐고 물어봐도 대답을 하지 않았다.
　　"어디 출신인데?"
　　"달 근처."

그 사람은 달 근처에서 태어났단다.
어린 왕자를 만난 건가……. 모모에가 조금 이상하다.
모모에는 전에도 자기보다 어리고 귀여운 남자를 좋아했다.
대학 다닐 때에도 선배들보다는,
자기보다 어린 후배들을 더 좋아하고 커피도 많이 사주었단다.
모모에는 좀 실속이 없는 것 같다.
나이 사십에 웬 어린 왕자냐고, 정신차리라고 말하고 싶었지만
그냥 크게 웃어주고 말았다.

봄기운이 무르익어 가고 있다.

모모에를 놀려주고 싶은 마음에, 어린 왕자가 누군지 또 물어보았다.

그녀는 말해주지 않았다. 그저, 양파 같다고만 했다.

한 껍질 벗기면 또 한 껍질, 또 벗기면 또 한 껍질······

보면 볼 수록 연기를 너무 잘해,

어떤 모습이 진짜인지 잘 모르겠단다.

그 양파는 도대체 누굴까.

모모에가 의자에 앉아 일을 하고 있었다.

앞에는 그녀의 마리모가 놓여있었다.

난 주방에 있는 양파를 가져다 껍질을 벗기고 있었다.

그녀에게 꼭 달처럼 생긴 양파를 내밀었다.

"모모에, 양파는 알면 알 수록, 껍질을 벗기면 벗길 수록
눈에서 눈물이 나.

너무 가까이는 가지 마.

그냥 멀리서 지켜보는 게 제일 속 편하고 좋아."

난 그녀에게 진심 어린 충고를 했다.

사람들이 벚꽃놀이를 가려고 들떠 있다.

나는 주말에 모모에 가족들과 음식을 싸서 공원에 가기로 했다.

민들레 카페는 아침 10시에 문을 연다.

나, 모모에, 그리고 아르바이트생 마사오는

열심히 손님을 맞을 준비를 하고 있었다.

오전 11시쯤, 70세쯤 되어 보이는 한 노신사가

밖에 매어놓은 앤과 놀고 있는 게 보였다.

날씨가 따뜻해 카페 엄마가 테라스에 앤을 매어놓았나 보다.

지나가다 우리 앤을 보고 카페를 들어오는 사람이 많다.

그 노신사분은 카페에 들어와서 카푸치노를 주문했다.

계속 눈길이 갈 정도로 분위기 있는 멋진 노신사분이었다.

고등학교 때 괴테가 쓴 〈젊은 베르테르의 슬픔〉을 읽고

남녀간의 사랑에 대해 진지하게 고민한 적이 있었다.

모모에와 점심을 먹다가, 이룰 수 없는 사랑이 가지고 오는

비극적인 결말에 대해 대화를 나누는데

그녀의 표정은 전혀 심각하지 않았다.

좋아하는 남자만 보면 마네킹처럼 얼어버리는 그녀가

왜 나의 진지한 마음을 이해하지 못하는지 좀 서운했다.

그녀가 말했다.

　"나도 한 때는 낭만적인 사랑을 꿈꾸기도 했는데,

　막상 결혼해서 살아보니 이상과 현실의 차이는 너무 큰 것 같아.

　월요일 아침, 태우의 서재와 요시아의 방문을 열면

　난 귀에서 베토벤 운명 교향곡이 크게 울리는 것을 느껴.

　이리저리 굴러다니는 책들, 먹다 남은 과자봉지, 짝 잃은 양말,

　흐트러진 옷가지……

　이걸 치우는 게 내 운명이야. 거기다가 앤의 뒤처리까지.

　낭만이라고는 전혀 찾을 수 없어.

　베르테르와 로테가 현실 세계에 부딪혔다면,

　그렇게 아름다운 사랑을 할 수 있었을까?

　난 로테의 행동도 이해가 안돼.

　만약에 상대방이 나를 죽을 만큼 사랑한다면

　난 영화 〈아르헨티나의 할머니〉처럼 분장하고

　이빨에 고춧가루를 열 개쯤 심어놓고 활짝 웃어줄 거야.

　매력이 넘치게……

　그럼 다 도망가겠지?

　사랑이라는 명분 아래,

　상대를 구속하고 자기 방식대로 동물 사육하듯이

그걸 사랑이라고 하는 사람들이 너무 많아.

자신의 감정만 소중하게 생각하고,

남을 생각하지 않는 건 사랑이 아니야.

그건 이기주의지.

사랑도, 넓게 보는 사람들이 잘 하는 거야.

좁은 사랑은 '편애'나 '반쪽 사랑'이지.

다른 사람의 입장에서 보는 내 사랑을 꼭 생각해야 돼.

사랑, 그것은 아름답지만 아주 머리 아픈 거야."

나는 슬픈 사랑에 대한 얘기를 잔뜩 기대했지만,

역시 아이 키우는 엄마라 그런지,

모모에가 나보다는 훨씬 현실적이었다.

순간 양파 이야기를 꺼낼까 했지만, 결국은 하지 않았다.

탱고 교실에 나오는 얌전한 할머니의 말이 머리를 스쳤다.

  "결혼은 자식에 대한 사랑을 가장 쉽게 배울 수 있는 곳이고

   사람에 대한 사랑을 가장 빨리 잊어 버리는 곳이야."

나는 진정한 사랑을 가르쳐 줄 수 있는 남자와 결혼하고 싶다.

엄마를 잃고 세상에 나온 이후로 나는

편견과 차가운 눈빛, 경제적인 곤란,

다중인격자들과 싸워서 나와 내 동생을 지켜야 했다.

나는 사람에 대한 사랑을 잃어버리는 결혼은
죽어서도 하고 싶지 않다.

프랑스의 외교관이자 작가였던 탈레랑은
커피에 대해 이렇게 예찬했다.
　"커피는 악마와 같이 검고,
　　지옥처럼 뜨겁고,
　　천사와 같이 아름답고,
　　사랑처럼 달콤하다."

커피의 기원에 관련한 〈칼디의 전설〉도 있다.
　천년 전, 아프리카 에티오피아의 '칼디'라는 염소 치는 소년은
　어느 날 염소들이 검은 열매를 먹고는 흥분해서
　밤새 잠도 자지 않고 춤을 추듯 뛰어다니는 것을 보았다.
　호기심 강한 칼디도 그 열매를 먹어보니,
　갑자기 온 몸에 힘이 나고 상쾌해지는 걸 느꼈다.
　칼디는 그 열매를 사원에 가지고 갔고,
　그 후 커피는 승려들을 통해 전파되게 되었다.

바하, 베토벤, 모차르트, 브람스, 도스토예프스키, 사르트르,

발자크, 볼테르, 괴테……

이들의 공통점은 엄청난 커피 마니아였다는 것이다.

바하는 그의 작품 세클러 칸타타 211번을

〈커피 칸타타〉로 이름 붙일 정도로 커피를 좋아했다.

베토벤에게 커피는 양식과도 같았다.

볼테르는 하루에 커피 50잔을 마셨다고 한다.

브람스는 새벽에 일어나서

작곡용 악보종이나 담뱃갑을 들고 커피를 내려 마셨다는데,

다른 사람에게는 절대 자신의 커피를 끓이지 못하게 했다.

도스토예프스키는 어려운 생활로 커피를 마시지 못하게 되자

"내가 지금 한 잔의 커피를 마실 수 있다면,

세상이 어떻게 되든 상관이 없다"고 외쳤다고 한다.

사르트르는 카페를 작업실 삼아 수많은 글을 썼다.

매일 정확히 똑같은 시각에 카페를 찾아, 커피 한잔을 시켜놓고

몇 시간씩 카페에 앉아 집필을 했다고 한다.

인도네시아에서 생산되는 커피 중에, '사향고양이 커피'가 있다.

사향고양이가 잘 익은 커피 열매를 먹고 나면,

겉 부분만 소화가 되고 커피콩 부분은 남아 배설이 되는데,

소화 과정에서 커피 열매의 단백질이 분해되면서

커피 콩은 특유의 풍미를 가지게 된다.
사향고양이의 배설물로 나온 커피콩을 세척 후 잘 말린 커피 원두가
바로 세계에서 가장 비싼 커피, '코피 루왁 Kopi Luwak'이다.

카페에서 일하면서 이렇게 모은 커피에 대한
간단한 지식이나 자료들을 손님들에게 알려준다.
커피 이야기를 적다 보니,
비 내리는 시애틀의 거리가 자꾸만 생각난다.

오늘 노신사분이 카페에 또 왔다.
얼굴로 봐서는 시인이나 화가 같은 예술가 느낌이 나는데,
옷을 아주 멋지게 입었다.
왠지 기품 있고 분위기 있는 분이다.
성당에 다니시는 분 같다.
치즈케이크를 먹기 전 성호를 긋는다.
그는 모모에와 테라스에 있는 앤에 대한 이야기를 했다.
그분도 강아지를 아주 좋아하는 듯 하다.
두 사람의 대화가 끝없이 이어진다.

월요일과 금요일 저녁,

난 동네 구민회관에서 탱고와 왈츠를 한 시간씩 가르친다.

오사카에 살던 시절,

가족 없이 홀로 산다는 것 자체가 커다란 외로움이자 스트레스였다.

일상의 반복 속에서 나는 점점 삶의 의미를 잃어갔다.

그 때 내 손을 잡아준 것이 바로 탱고와 왈츠였다.

음악에 맞추어 춤을 추며,

마음 속의 아픈 기억들을 날려보낼 수 있었다.

겉으론 씩씩한 척 강한 척 하지만,

남몰래 돌아서서 흘린 눈물을 헤아릴 수 없다.

아무도 나의 그 슬픔을 모른다.

오늘은 탱고 수업이 있는 날이었다. 수업은 오후 7시에 시작된다.

난 30분 전에 도착해서 수업 준비를 하고 있었다.

그런데 갑자기 문이 열리더니 그 멋있는 노신사분이 들어왔다.

난 반갑게 인사했다.

그 분의 이름은 '야마다'라고 했다.

우연히 들른 구민회관에서 팜플렛을 보고 왔다고 했다.

작은 소극장을 운영하고 있고, 사진 찍는 것이 취미란다.

살짝 보이는 흰머리가 매력적이다.

야마다는 수업을 열심히 들었다.

배운 스텝을 집에 가서 연습하려고 하는지,

작은 카메라로 내 발 부분을 열심히 찍는다.

성실한 학생이다. 할머니들께서 좋아하신다.

멋진 남자분이 오셨으니…….

결석하지 않고 꾸준히 나왔으면 좋겠다.

탱고 교실에는 몇 번 나오다가 그만두는 사람이 꽤 많다.

모모에와 야마다는 오늘 커피에 대해서 대화를 나누고 있다.

그녀는 카페를 하고 있으니 이것 저것 아는 게 당연히 많은데,

야마다도 옛날에 카페를 했는지, 모모에보다도 아는 것이 더 많다.

야마다는 도대체 모르는 게 뭘까? 아주 똑똑하다.

낯가림 심한 모모에도 그가 무척이나 마음에 들었나 보다.

멀리서 보고 있으면 사이 좋은 부녀지간 같다.

아침에 모모에가 전화를 받더니 갑자기 뛰어나간다.
요시아가 준비물을 놓고 간 것 같다.
자전거를 타고 검정색 트랜치 코트를 휘날리며 달리는 그녀는
마치 중세 시대의 흑기사 같다.
아들에 관련된 일이라면 거침없이 달려가는 모모에 흑기사.
요즘 그녀는 태우에게 운전을 배운다.
지난 일요일, 태우와 모모에의 운전연습에 나도 따라 나갔다.
그러나 따라간 것을 얼마나 후회했는지…….
동경에서 오사카까지 갔다 올 뻔 했다.
앞만 보고 달리는 모모에를 말릴 사람은 아무도 없었다.

오늘 저녁 탱고교실에 온 야마다가 몸이 좋지 않은 듯 했다.
자꾸만 의자에 앉길래 왜 그러냐고 물었더니, 관절이 좀 아프단다.
난 병원에 가서 진찰을 한번 받아보라고 했다.

오늘 모모에와 야마다의 대화 주제는 마리모와 여행이었다.

그녀는 마리모에 대해 자세하게 설명해주었다.

마리모는 아칸 지방에서 주로 볼 수 있는데,

슬픈 전설을 간직하고 있단다.

그녀는 한국에서 공부했던 일, 유럽에 여행 갔던 일 등의 얘기를

특유의 귀여운 표정을 지으며 종달새처럼 쏟아냈다.

야마다도 해박한 지식과 지혜로 많은 얘기를 해줘서,

두 사람은 너무나 대화가 잘 통했다.

옆에서 지켜보고 있는 나는 야마다의 옆모습에 점점 빠져들었다.

모모에가 아니라, 내가 정신을 차려야겠다.

저녁 무렵, 그녀는 피아노에 앉아 〈Fly Me to the Moon〉을 연주했다.

모모에는 피아노를 치며 무슨 생각을 하고 있었을까?

오늘은 정말이지 일하기가 싫었다.

날씨가 어찌나 좋은지, 당장이라도 기차를 타고 어디론가 떠나야지,

마음이 뒤숭숭해서 도무지 일이 손에 잡히질 않았다.

야마다가 테라스에서 차를 마시고 있었다.

햇살이 따스했다.

앤과 옆에서 놀아주던 모모에가 야마다에게

넥타이 색깔이 너무 멋있다며, 부인이 멋쟁이인가보다고 말했다.
가만히 무언가를 생각하던 야마다는
일년 전 부인이 먼저 하늘로 갔다고 말했다.
당황한 표정의 모모에는 미안하다고 말하며 카페 안으로 들어왔다.
그녀는 자신이 아끼는 글들을 모아놓은 파일에서
무언가를 꺼내더니 밖에 있던 야마다를 피아노 앞에 데리고 왔다.
모모에는 그에게 〈천의 바람이 되어〉라는 곡을 직접 들려주었다.
음치인 그녀가 노래까지 불러주었다.
야마다를 위로하고 싶은 마음이 몹시도 컸나 보다.
나는 오늘 야마다의 눈에 눈물이 흐르는 모습을 처음으로 보았다.
우리는 일요일 메구미 교회에서 열리는 '찬양의 밤' 초대장을
그에게 주었다.

오늘은 웬일인지, 모모에 식구들이 멋을 잔뜩 부리고 왔다.
평소에 옷에 관심이라고는 없던 털털한 태우도 양복을 입으니
아주 근사해 보였다.
멀리서 야마다가 우리 사진을 찍었다.
찬양의 밤이 끝난 후,
모모에와 나는 야마다를 카페 엄마와 태우에게 소개했다.

낮에 카페 엄마가 내려오셨다.

나와 모모에, 야마다 세 명은 앤을 데리고 5분 거리에 있는 공원에

산책을 나갔다.

따사로운 봄기운 속에 꽃들이 예쁘게 피어있는 곳에 오니,

막혔던 숨통이 활짝 열리는 것 같았다.

모모에는 공원 뒤 작은 호숫가까지 산책을 가자고 졸랐지만

나는 벤치에 앉아 앤과 함께 커피나 마시겠다고 둘만 가라고 했다.

나도 우아하고 편안하게 봄을 만끽하며 커피를 마시고 싶었다.

커피 컵을 뚫어져라 쳐다보는 앤이 너무나 귀여웠다.

멀리서 두 사람이 호숫가를 거닐고 있는 모습이 보였다.

모모에는 오늘 백화점에서 쇼핑을 하고 늦게 카페에 나왔다.

커다란 손거울을 사왔길래 웬 거냐고 물었더니, 씩 웃기만 한다.

뭔가 꿍꿍이 속이 있는 듯 하다.

좋아하는 남자만 보면 인간 마네킹으로 돌변하는 그녀를 위해

야마다가 처방을 내려준 것 같다.

그녀가 야마다에게 고민 상담을 했나 보다.

그 나이에 젊은 배우에 푹 빠진 모모에가 얼마나 철 없이 보였을까?
거울에 양파의 가장 멋있는 사진을 붙이고
하루에 10분씩 사진 속의 눈을 뚫어져라 쳐다보면
상대에 대한 두려움이 조금 사라진다……
며칠 있으면 아마 그 거울에 구멍이 날 것이다.

모모에는 가끔 테라스에 나와 비둘기에게 모이를 준다.
비둘기는 일단 짝을 맺으면 평생 헤어지지 않는다고 그녀가 말했다.
또 짝이 죽으면 그 시체에 목을 비벼대면서 슬퍼한다고 한다.
모모에는 비둘기를 좋아했다.
그녀가 좋아하는 슈만과 클라라를 닮아서란다.
슈만은 자기보다 훨씬 나이가 어린 클라라와 사랑에 빠져
자기를 못마땅하게 여기는 클라라 아버지의 반대를 물리치고
어렵게 결혼했다.
모모에는 클라라를 아주 의리 있고 현명한 여자였다고 항상 말한다.

오늘 그녀의 〈트로이메라이〉를
아주 오랜만에 피아노로 들을 수 있었다.

오늘 오후 야마다가 탱고 교실에 가기 전 민들레 카페에 왔다.

모모에와 야마다는 손님이 없자 테라스에서 수첩 오목을 두었다.

그녀가 한국에서 배워온, 아주 쉽고 간단한 오목 두기 방법이다.

가느다란 바둑판 모양이 그려져 있는 수첩을 뜯어서

한 사람은 빨간색, 다른 한 사람은 검은색 볼펜으로

동그라미를 번갈아 그리며 오목을 두는 것이다.

야마다는 세 번 모두 모모에에게 졌다.

나는 그 날 모모에가

야마다의 이마에 작은 혹을 하나 만들어가는 것을 보았다.

작은 동그라미를 만들어, 야마다의 이마에 손가락 펀치를 날렸다.

야마다가 아프다며 수줍게 웃었다.

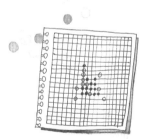

야마다는 성실하게 탱고 교실에 출석했다.

그런데 관절이 아픈지, 의자에 앉는 횟수가 점점 늘어간다.

지난 번엔 실습은 거의 못하고, 이론 수업만 들었다.

병원에 다닌다고 했다.

나이가 들면 다 관절때문에 고생이 심하다.

카페 엄마도 요즘 다리가 아프다고 자주 말씀하신다.

야마다는 탱고 교실이 끝난 후,

30분 거리인 카페까지 차로 나를 데려다 주었다.

나는 날씨가 좋으면 가끔씩 차를 놓고 걸어간다.

우리는 그 짧은 순간 민들레 카페 식구들에 대한

이런 저런 이야기를 나누었다.

모모에는 한국의 동화 이야기를 해주며 투덜댔다.

견우와 직녀도 새들이 다리를 놓아줘서 일년에 한번은 만나는데,

자기는 텔레비전을 사이에 두고 양파를 만나지 못한다고.

모모에가 아직 정신을 못 차린 것 같아 걱정이다.

매번 모모에가 긴장하는 시기가 왔다.

바로 아들 요시아의 시험기간.

하지만 요즘 요시아는 고민이 많다고 했다.

좋아하는 여자애가 생겨서,

책장 넘길 때마다 그 애 얼굴이 떠오른다고 한다.

여자애의 그림자만 밟고 있는 자신의 모습이 너무 서글프다고

엄마한테 상담을 요청했다.

모모에가 아들에게 한 충고는

　"사랑은 이번 과학 시험 범위에 포함돼 있는

　'용수철의 원리'하고 같아.

　밀고 당기고를 잘 해야 성공하는 법이지.

　너무 좋아하는 티를 내면 절대로 안돼.

　그러면 여자나 남자나 다 도망가 버리거든.

　사랑에 성공하려면,

　용수철의 원리를 열심히 공부해야 되는 거야."

모모에는 만화책을 내도 될 것 같다.

카페 구석에 앉아,

시험에 나올 예상문제를 체크하고 있는 그녀의 뒷모습을 보니

미소가 흘러나왔다.

손가락 기부스, 인간 마네킹, 간헐적 대인 기피증 환자인 모모에와
손가락 물렁뼈, 속사포 같은 혀, 바퀴 달린 발을 가진 나는
친구이면서도 아주 극과 극의 성격을 가졌다.
그런 우리가 큰 갈등 없이 지내온 것은,
서로 솔직해지려고 노력해왔기 때문이다.
한 공간에서 너무 오랜 시간을 같이 보내다 보면,
아무래도 서로 짜증나는 일이 있기 마련이다.
하지만 서로에 대한 불만을 거짓없이 털어놓고 해결점을 찾으려
노력하기 때문에 큰 갈등 없이 여기까지 온 것 같다.
아무리 친한 친구라도 기본적인 예의를 지키자는 게
우리의 공통된 인생관이다.
또 하나의 공통점은, 약한 사람을 의도적으로 괴롭히는 걸
아주 싫어한다는 것이다.
요시아의 학교 앞에서 아이들이 싸우고 있으면,
우리는 둘 다 원더우먼이나 소머즈로 변신한다.
그 점은 태우도 마찬가지!
남자니까 600만 불의 사나이나 헐크 쯤으로 변한다.
아주 무서워진다.
가끔 카페에서 우리에게 함부로 대하는 손님을 만나면

모모에는 하루 종일 우울하다.

손가락 기부스인 그녀가 유일하게 자주 전화하는 사람이 있다.
바로 그녀의 언니.
남매중의 맏딸로, 모모에가 초등학생일 때 결혼했다.
무언가 상의할 일이 있으면 두 사람의 통화는 적어도 30분이 넘는다.
무슨 할 말이 그렇게 많은지, 수다가 끝이 없다.
모모에의 개인 가정상담 연구소 소장은 바로 그녀의 언니이다.
모모에는 친정 때문에 고생만 하다 시집 간 언니가 안쓰럽다고 했다.
나도 내일 아오모리에 있는 동생에게 전화를 해야겠다.

카페에서 하루 종일 일을 하다 보면,
가끔씩 답답함을 느낄 때가 있다.
좋은 음악도 너무 자주 듣다 보면, 지루해지는 것이 사실이다.
답답함이 밀려올 때 나만의 비법.

 1. 모모에와 테라스에 나가서 의자에 앉는다.

2. 눈을 지그시 감는다.

3. 오미가미 나오코 감독의 〈안경〉이라는 영화를 떠올린다.

4. 넓은 바닷가 모래사장에서 모모에와 체조를 하는 상상을 한다.

5. 오누키타에코가 부른 영화 주제가를 모모에와 함께 조용히
   부른다.

"슬픔에 빠진 사람을 만나면 난 무엇을 해줄 수 있을까?
 그것은 단 한가지
 나란히 서서, 바다를 바라보자."

영화에는 한 남자가 독일어로 시를 읊는 장면이 나오는데
모모에는 〈나는 자유를 안다〉는 제목의 그 시를
무척이나 좋아한다.

"나는 자유가 무엇인지 안다.
 길을 따라 똑바로 걸어라.
 심연의 바다를 멀리한 채
 그대의 말들을 뒤로 남긴다.

 달빛은 온 거리를 비추고
 어둠 속을 헤엄치는 물고기는

보석처럼 빛난다.

어쩌다 인간이라 불리워
내가 지금 여기에 있는 것인가.
무엇을 두려워하는가?
무엇을 겁내는가?

이제 어깨를 누르는 짐을
벗어버릴 시간.
나에게 용기를 다오
너그러워질 수 있는 용기를.
나는 자유가 무엇인지 안다.
나는 자유를 안다."

오늘 우리는 첫사랑에 대한 이야기를 나누었다.
물론 그녀는 스즈끼 이야기를 했다.
지금 생각하면 자기가 너무 어렸고 유치했던 것 같다고 했다.
그때 그 모습을 상상하면, 나도 웃음밖에 나오지 않는다.
물론 그 시절엔 너무나 심각한 고민이긴 했겠지만,

세월이 지나면 그냥 편안하게 이야기할 수 있는
추억의 한 조각일 뿐이다.
나는 중학교 때 수학 선생님을,
야마다는 고등학교 때 옆집에 살던 누나를 좋아했다고 고백했다.
모모에는 피천득이라는 한국작가의 〈인연〉이라는 수필을 소개했다.
　　"그리워하는 데도 한 번 만나고 못 만나게 되기도 하고
　　　일생을 못 잊으면서도 아니 만나고 살기도 한다."

그녀가 좋아하는 구절이라고 했다.

한달 전 쯤 모모에는
자기가 만났던 한 남자에 대한 이야기를 해주었다.
모모에가 한국에서 돌아와 어느 회사에 취직해 다닐 때 이야기였다.
한달 동안 신입사원 교육을 받았는데,
옆에 앉은 짝이 바로 그 남자였다.
쉬는 시간마다 그와 이런 저런 이야기를 나누었는데,
그는 시골에서 동경으로 올라와
어렵게 우유 배달을 하며 학교에 다녔단다.
시골에 사는 부모님, 같이 살고 있는 동생, 몸이 아파 휴학했던 일 등
지금은 일일이 기억나지 않아도,
꽤 많은 이야기를 편하게 했었다고 했다.

책상에 엎드려 자고 있다가 쉬는 시간이 끝나면

흔들어 깨우며 교육받을 시간이라고 했던 그 짝이

아주 가끔 생각난다고 했다.

그는 그녀에게 〈평범한 가정에서 태어났다면〉이라는 제목의 책도

한 권 선물했다고 한다.

모모에가 가장 편안하게 친구처럼 이야기했던 사람인 것 같다.

짧은 만남이라

어쩌면 더 기억에 좋게 남아있는 건지도 모르지만…….

모모에가 나에게 편지 한 통을 주었다.

봉투 겉면에는 '받는 사랑보다는 바라보는 사랑에 익숙한 친구에게'

라고 적혀 있었다.

나는 누군가 나를 좋아하면 무척이나 부담을 느끼는 성격이다.

편지의 내용은 이렇다.

"알세스는 소유욕이 강하고 자기 중심적이다.

  살리만은 책임감이 없고 성실하지 않다.

  그러나 서로 단점을 알아주고 웃어 넘길 수 있다면,

  사람이 자기애와 자존심을 극복할 수 있다면,

고통을 주는 자가 자기를 사랑하는 자임을 깨달았을 때,

진정한 사랑은 이루어지는 것이다.

그리고 부부임을 깨닫게 되는 것이다.

진정한 사랑은 희생으로만 오지 않는다.

모든 남자는 거짓말쟁이이고, 말이 많고, 일관성이 없다.

비겁하고, 자존심이 강하며, 위선적이고, 자기 중심적이다.

모든 여자는 의심이 많고, 타락했고, 가식적이다.

그러나 세상에는 신성한 것이 단 하나 존재한다.

모자라고 서로 다투는 두 남녀의 결합이다.

웃지 말고, 사랑하자."

도대체 이런 글을 어디서 읽고

아직 미혼인 내게 들려주는 지 물었다.

그녀가 한 때 너무나 좋아했던 영화

⟨You Call It Love⟩의 마지막 장면에서

소피마르소가 몰리에르의 작품을 인용해 말한 대사라고 했다.

나도 그녀에게

언젠가 만날 멋진 남자를 위해 남겨두었던 말을 들려주었다.

이것도 영화에 나왔던 대사이다.

　"가끔 라디오에서 좋은 노래가 나올 때가 있어.

　노래를 듣고 나서 행복해지기도 하지.

만약 평생 동안 듣고 싶은 노래가 있다면,
네가 바로 그런 노래인 거야."

모모에와 나의 오늘의 주제는 '편견'이다.
그녀의 남편 태우는 한국 사람이다.
지금이야 국제 결혼이 흔한 일이지만
모모에가 결혼할 때만 해도, 매우 드문 일이라 다들 놀랐고
무척 의외로 받아들였다.
양쪽 집안 모두가 처음엔 반대했지만,
태우를 너무나 좋아했던 모모에는 그 어려운 아버지를 설득해
태우를 만나게 했다.
그런데 운명적인 만남이라 그런지,
아버지가 태우를 보자마자 마음에 쏙 들어 하셨다고 했다.
하지만, 모모에보다 한국에서 온 태우의 마음고생은
꽤나 심했을 것이다.
한국과 일본은 '가깝고도 먼 나라'라고 이야기하곤 한다.
서로 얼굴은 편하게 마주하고 있지만,
가슴 속에 얇은 막 하나가 드리워져 있는 것 같다.
얼만큼의 시간이 지나야 그 막이 걷힐 수 있을까?

모모에는, 한국 사람이라는 이유로

가끔씩 일본에서 마음고생하는 태우가 안쓰럽다고 한다.

그녀도 한국에 가면 태우처럼 차가운 눈빛을 받곤 하는데

태연한 표정은 짓지만,

마음 한 구석엔 찬 바람이 지나간다고 했다.

그래서인지,

태우는 한국의 '배용준'이라는 배우를 좋아한다.

그 배우를 통해 많은 일본인들이

한국이라는 나라에 좋은 인상을 가지기 시작했기 때문이란다.

지금 태우와 모모에는

서로의 마음을 이해하며 사이 좋게 지내고 있다.

물론 가끔씩은 부부싸움도 하는 눈치인데,

또 며칠 있다가는

언제 싸웠냐는 듯 사이 좋게 웃으며 나타난다.

언젠가 그녀에게

세상에서 가장 힘든 일이 무엇인지 물어보았다.

그녀는 요시아를 키우는 일이라고 말했다.

하지만 그 요시아 때문에 하나님께 너무나도 감사드린다고 했다.

어린 자식을 두고 죽을 수밖에 없는 사람들을

병원에서 많이 보았고

같이 살고 싶어도,

여러 이유로 그러지 못하는 부모들도 많다는 이야기를 했다.

천왕성에서 온 물병자리 모모에와, 태양에서 온 사자자리 태우는

가끔씩 으르렁거리며 행복하게 잘 살고 있다.

나는 푸쉬킨의 〈삶이 그대를 속일 지라도〉를 무척이나 좋아한다.

어린 시절 이 시는 내게 큰 위로가 되었다.

힘들 때마다 이 시를 외우며,

내게도 언젠가 빛나는 미래가 있을 것이라며 스스로를 위로했다.

요즘 모모에도 푸쉬킨에 푹 빠져있다.

한국의 여자 첼리스트가

푸쉬킨의 시에 곡을 붙인 작품을 연주한 음반을 출시했기 때문이다.

낮에 모모에와 공원에 가서 운동을 했다.

모모에는 운동을 좋아하지 않는다.

조금이라도 할 줄 아는 운동이라고는 배드민턴, 스케이트,

그리고 숨쉬기 운동 정도이다.

나도 운동을 잘 하진 못하지만,

워낙 부지런한 성격이라 모모에와 가끔 공원에 나간다.

모모에는 벤치에 앉아, 만화의 명랑소녀 흉내를 내며

그녀가 제일 좋아한다는 푸쉬킨의 시

〈나는 당신을 사랑했습니다〉를 읊었다.

시를 읊는 그녀의 표정은

혼자 보기 아까울 정도로 재미있었다.

친한 사람이 아니면 절대로 볼 수 없는 모습이었다.

　"나는 당신을 사랑했습니다.

　사랑은 아마도 내 영혼 속에서 완전히 꺼지지 않았습니다.

　어떻게든 당신을 슬프게 하고 싶지도 않습니다.

　나는 당신을 사랑했습니다.

　아무런 말도 없이 희망도 없이

　때론 수줍음에, 때론 질투에 가슴 저리며

　나는 당신을 사랑했습니다.

　그토록 진실하게, 그토록 부드럽게

　신의 섭리로 다른 이들이

　당신을 사랑한 그 만큼."

돌아오는 일요일은 내 생일이다.

어머니를 잃고 나서, 난 생일이라는 걸 오랫동안 잊고 살았다.

오히려 그날만 되면 외로움이 밀물처럼 밀려왔다.

올해는 카페 엄마가 내 생일상을 직접 차려주겠다고 하셨다.

요즘 카페에는 오르골 음악이 잔잔히 흐르고 있다.

모모에가 북해도 오타루에서 사온 오르골 CD이다.

나는 야마다를 내 생일파티에 초대했다. 그는 무척이나 좋아했다.

모모에는 요즘 카페에 오는 중년 부인들을 유심히 본다.

다리 아픈 야마다가 너무 외로워 보여,

더 늦기 전에 여자 친구를 소개하고 싶단다.

모모에, 네 눈에는 이 외로운 나는 안 보이니?

카페엄마와 모모에가 나를 위해 열심히 음식을 준비했다.

야마다는 자신이 좋아한다는 프랑스산 와인을 선물로 가지고 왔다.

거실에서는 태우와 야마다가 모모에의 옛 사진을 보며

깔깔대고 웃는다.

모모에는 워낙 사진 찍히는 것을 싫어해 사진이 별로 없다.

태우가 사진을 찍으려 하면,

자기는 사진발이 안 받는다며 짜증을 낸다.

갑자기 거실에서 우당탕 소리가 났다.

보나마나

모모에와 태우가 사진첩을 서로 뺏으려고 난리가 난 것일 게다.

쌍꺼풀 없는 옛 사진을 야마다에게 보여주기 싫었겠지…….

요즘 그녀는 얼굴에 눈 주름, 팔자 주름이 생겼다고

태우에게 불평이 대단하다.

태우는 그런 그녀에게 위로는 커녕,

그렇다고 병원에 가면 혼날 거라고 으름장을 놓곤 한다.

모모에는 그런 남편을 보며 생글생글 웃으며 묘한 웃음을 짓곤 한다.

카페 엄마는 상다리가 부러질 정도로 음식을 차려주셨다.

태우는 모모에가 부끄러워하는 걸 알면서도 자꾸만 놀렸다.

모모에가 요시아를 낳던 날

종합병원 산부인과 앞에서 그녀는 대성통곡을 했다.

분만 대기실 의자에 앉아 하도 무섭다고 울어대는 통에

태우가 진땀을 뻘뻘 흘렸다.

지나가는 사람들이 왜 저렇게 산모가 우냐고 걱정스럽게 물었다.

보다 못한 태우는 의사에게 부탁해 무통주사를 맞게 해주었다.

모모에는 토요일에 요시아를 낳았다.

그녀의 몸에서 주사약 기운이 점점 떨어져갈 때
분주하게 이리저리 뛰어다니던 젊은 마취과 레지던트에게
간절히 부탁했단다.
　"선생님, 저 놔두고 오늘 집에 가시면, 으ㅎㅎㅎ
　　아기 낳기 전에 퇴근하시면 저 죽어요, 제발, 으ㅎㅎㅎ"

야마다는 고개를 숙이고 웃음을 참고 있었다.
그녀는 그 때 그 젊은 의사의 고마움을
지금도 잊지 못한다고 했다.
모모에는 오늘 와인을 몇 모금 마시더니 얼굴이 홍당무처럼 변했다.
그녀는 술을 마시면 아주 조용해진다.
평생 잊지 못할 나의 생일파티였다.

오늘은 모모에와 전생에 대한 이야기를 나누었다.
나 혼자 심심해서 생각해본 내 전생은
그리스 시대에 신전에서 춤추던 여자이거나,
솔로몬같은 재판관이었을 것 같다.
나는 2년 전부터 교회에서 상담실 일을 맡고 있다.
상담을 하다 보면 순간적인 판단이 아주 중요할 때가 있다.

주로 가해자보다 피해자 입장의 이야기를 듣는 편이기 때문에

내 자신이 중심을 잡고 듣지 않으면 상당히 혼란스러울 수 있다.

피해를 극대화시켜 꾸며 이야기하는 상담자도 만나보았다.

그래서 상담할 때는

되도록이면 지나치게 감정적이지 않으려 노력한다.

상담자는 차분하고 냉정하게 상황을 파악해야 하기 때문이다.

그러나 나도 사람이기에, 가끔씩 이런 점을 잊어버릴 때가 있다.

모모에는 자신이 수도원의 수녀였을 것 같다고 했다.

높은 벽에 둘러싸여 매일을 살아가다,

아주 가끔씩 성 밖을 조용히 혼자 내다보는 수녀…….

모모에 엄마는 젊은 시절 절에 다니셨는데,

절의 한 스님이 엄마 손을 잡고 있는 어린 모모에를 보며

이 아이는 결혼을 시키지 않을 것이 좋을 거라며,

이 아이가 출가해서 도를 닦는다면

많은 사람의 운명을 바꾸어 놓을 것이라고 말씀하셨단다.

모모에는 민들레 국수집의 사장님을 무척이나 존경한다.

민들레 국수집에서는 국수를 팔지 않는다.

처음에는 가난한 노숙자들에게 국수를 제공했으나,

그들은 국수보다 따뜻한 밥을 원했다.

어렵고 가난한 자들을 위해 무료로 식사를 제공하는 곳이 바로

민들레 국수집이다.

사장님은 원래 수도원의 수사였다고 한다.

높은 벽으로 둘러싸인 수도원에서 나온 그분은

지금 예쁜 부인과 함께 어려운 이웃을 돕고 계신다.

나는 가끔 외롭거나 우울할 때 이곳을 찾곤 한다.

민들레 국수집의 인터넷 홈페이지 주소는 www.mindlele.com이다.

날씨가 점점 더워지고 있다.

카페엄마와 나는 일주일간 카페 문을 닫고

인테리어 공사를 하기로 했다.

이리저리 수리할 곳도 많이 생겼고,

분위기도 좀 산뜻하게 바꾸고 싶어서이다.

모모에는 마치 방학이나 된 것처럼 좋아했다.

오늘은 모모에와 뮤지컬 〈오페라의 유령〉을 보러 갔다.

그녀가 대학시절 영국에 여행 갔을 때,

무척이나 보고 싶어했던 작품이란다.

웅장한 음악과 화려한 무대 장치, 배우들의 감미로운 노래는

정말 환상적이었다.

보고 있는 동안, 다른 세상에 와 있는 것 같은 착각이 들었다.

공연을 본 후 모모에는 작은 소리로 내게 속삭였다.

"팬텀이 너무 가엾어.

사랑하는 크리스틴에게 자신의 모습을

얼마나 솔직히 보여주고 싶었을까?

엄청난 재능을 가졌는데도 마음에 병이 많이 들었을 거야.

그 때문에 성격도 이상해졌잖아.

아무도 팬텀에게

솔직해지고 착해질 수 있는 기회를 주지 않은 것 같아.

막다른 골목으로 밀어내기만 했지…."

사랑하는 크리스틴을 떠나 보낼 때 그가 부르던 노래가

자꾸 귓가를 맴돈다고 했다.

오늘은 아침부터 비가 내린다.

오후에 방에서 오랜만에 텔레비전을 보고 있는데,

야마다에게서 전화가 왔다.

내일 시간이 되면 모모에와 함께 소극장으로 오라고 했다.

야마다가 어떤 곳에서 일하는 지, 나도 무척이나 궁금하다.

오늘 아침, 모모에가 멋을 잔뜩 부리고 나타났다.

허벅지 굵다고 치마도 잘 안 입는 그녀가

오늘은 무슨 바람이 불었는지, 원피스에 분홍색 신발,

분홍색 가방을 들고 왔다.

잔뜩 기대하는 눈치였다.

야마다가 우리를 초대한 소극장은,

카페에서 30분 거리에 있는 2층짜리 빨간색 벽돌 건물이었다.

1층은 공연장, 2층은 서재 겸 작업실로 쓰고 있었다.

서재에는 책이 무척이나 많았다.

저 책을 언제 다 읽었을까 싶을 정도로

다양한 분야의 책을 가지고 있었다.

서재 안쪽에 작업실이 있었는데,

거기서 사진 작업을 하는 것 같았다.

구석의 방 하나는

늦게까지 연습하는 배우들을 위한 공간이라고 했다.

우리는 그에게, 마리모와 프리지아 꽃을 선물로 가져갔다.

프리지아는 모모에가 가장 좋아하는 꽃이다.

꽃을 받더니 야마다는, 부인에게 자주 선물하던 꽃이라고 했다.

그는, 화려하진 않지만 왠지 소녀 같은 느낌이 나는 프리지아를 한참 동안 쳐다보았다.

야마다는 우리를 1층으로 안내했다.

아무도 없는 극장에 불을 켜자

객석이 150개 정도 있는 작은 공간이 보였다.

무대 한가운데는 세 개의 의자가 놓여 있었다.

불 꺼진 객석 앞 무대에 셋이 앉아 있으니,

세상이 정지해버린 느낌이었다.

야마다는 연극에 대해서 여러 가지 이야기를 해주었다.

젊은 배우들의 땀과 눈물이 배어있는 무대에 앉아있으니

그들의 숨결이 우리를 감싸 안는 듯 느껴졌다.

갑자기 야마다가 나와 모모에에게 무대 앞에 나와 서보라고 했다.

그러더니, 우리가 마음에 간직하고 있던,

정말 하고 싶은 얘기를 털어놓아보라는 것이다.

거짓없이, 가슴 속 가장 깊은 곳에 맺혀 있던 말들을…….

나와 모모에는 멀뚱멀뚱 서로의 눈만 쳐다보았다.

마흔 살 먹은 아줌마와 노처녀가 무대에서 할 수 있는 일은

아무것도 없었다.

그러다 갑자기 모모에가 말했다.

　"아무도 없으니까 별로 떨리지도 않는데, 그냥 노래라도 부를까?"

그녀는 나의 손을 꼭 잡았다.

모모에는 떨릴 때면 누군가의 손을 꼭 잡는 버릇이 있다.
우린 아무도 없는 객석을 향해 노래를 부르기 시작했다.

"동그라미 그리려다 무심코 그린 얼굴
　내 마음 따라 피어나던 하얀 그때 꿈을
　풀잎에 연 이슬처럼 빛나던 눈동자
　동그랗게 동그랗게 맴돌다 가는 얼굴

　동그라미 그리려다 무심코 그린 얼굴
　무지개 따라 올라갔던 오색 빛 하늘 아래
　구름 속에 나비처럼 날던 지난 날
　동그랗게 동그랗게 맴돌곤 하는 얼굴."

노래를 부르던 동안, 난 고등학교 때 갑자기 하늘로 떠나버린
엄마의 얼굴을 마음 속에 그리고 있었다.
일찍 남편을 잃고 나와 동생을 키우느라 변변한 옷 한 벌 없던 엄마.
우리들 몰래 값싼 진통제로 버티다
어두운 골방에서 혼자 죽어간 엄마를 생각하며……
나는 목이 메어 도저히 더 이상 노래를 부를 수 없었다.
엄마가 보고 싶어도 어린 동생 때문에 제대로 울 수도 없었던
내 인생을 생각하며 눈물을 쏟았다.

모두가 대학에 가려고 도서관에 남아 공부하는 동안

나와 동생의 학비를 벌기 위해

허겁지겁 버스를 타고 국수가게로 달려가야 했던,

사랑하는 남자를 만났어도 부모가 없다는 이유로

헤어져야만 했던 기억들이 영화처럼 머릿속을 스치고 지나갔다.

어린 시절, 밤 늦도록 돌아오지 않는 엄마를

문 앞에 나와 기다렸던 모모에는 내 눈물을 닦아주며 같이 울었다.

셋은 의자에 앉아 한참 동안 말이 없었다.

분위기가 너무 무거워진 게 나 때문인 것 같아

미안한 생각이 들었다.

야마다가 문득 일어나 무대 밖으로 나간 잠시 후,

탱고 음악이 무대에 흘러나왔다.

모모에가 나에게 손을 내밀었다.

이윽고 돌아온 야마다는 춤을 추고 있는 우리 모습을

무대 구석에서 물끄러미 쳐다봤다.

음악이 바뀌자, 모모에는 이마에 땀을 닦으며 한걸음 한걸음씩

그에게 다가가 손을 잡았다.

다리가 불편해 탱고 교실 구석에 앉아있던

안타까운 야마다의 모습이 생각났다.

두 사람은 느린 탱고 음악에 맞춰 천천히 춤을 추었다.

가끔 서로 실수를 하기도 했지만, 차츰 서로의 눈을 바라보며

미소를 머금고 춤을 추었다.
앞으로도 피아졸라의 첼로 곡 〈El Sol Sueno 잠든 태양〉과
〈Oblivion 망각〉을 들을 때마다
오늘 그 아름다운 커플의 탱고가 떠오를 것이다.

가게 문을 다시 여는 날이 가까워지고 있다는 이유로,
야마다에게 가마쿠라에 가자고 했다.
모모에는 가마쿠라를 아주 좋아한다.
푸른 바다, 작은 전차, 예쁜 가게, 슬램덩크, 저 멀리 보이는 후지산.
그녀는 가슴 속에 유럽의 카페뿐 아니라
가마쿠라의 작고 예쁜 카페도 가지고 있었다.
우연히도 야마다 아내의 무덤도 가마쿠라 근처에 있어,
그도 가끔 그곳에 간다고 했다.
모모에는 신이 났다.
그녀도 카페, 교회, 가정 세 가지 일을 동시에 하다 보니
개인적인 시간을 보낼 기회가 없었다.
나와 모모에는 어느덧 쳇바퀴 도는 듯한 일상의 삶에
너무도 익숙해져 있었던 것이다.
가는 길에 차가 너무 밀려서, 우린 편의점에 들렀다.

나와 모모에가 우유와 삼각김밥을 먹고 있는 동안,

야마다가 무언가를 사고 있었다.

'담배'였다. 우린 한번도 그가 담배 피우는 모습을 본 적이 없었다.

우린 바다가 보이는 에노덴 전차를 탔다.

모모에가 어찌나 좋아하는 지, 꼭 초등학생 같았다.

바닷가에서 자전거를 빌렸다.

치마를 입고 온 모모에는 절대 자전거는 타지 않겠다며 버텼다.

내 뒤에 타라고 했더니, 바퀴가 터질까 봐 못 타겠단다.

결국 모모에는 야마다의 뒷자리에 탔다.

한 손은 야마다의 허리를 꼭 쥐고, 다른 한 손은 치마를 꽉 잡고는

그가 속도를 낼 때마다, 무섭다며 등 뒤에서 소리를 질러댔다.

우린 햇살이 내리쬐는 넓은 바닷가를 한없이 달렸다.

바닷가에서 모모에와 둘이 놀고 있는 동안,

멀리서 담배를 피우고 있는 야마다의 모습을 보았다.

내가 쳐다보고 있는 걸 알면 기분을 망칠 것 같아

살짝 그 모습을 엿보기만 했다.

그는 무슨 생각을 그렇게 골똘히 하고 있었던 걸까…….

모모에는 가족들의 선물을 고르느라 정신이 없었다.

예쁜 가게들을 이리저리 들여다보던 그녀는

갑자기 예쁜 털실가게에 들어갔다.

남자친구 없는 나를 위해 늑대가 새겨진 분홍색 목도리를

직접 짜주겠다고 했다.

혼자 사는 야마다 것도 만들어 주겠다며 흰색 실도 같이 샀다.

내가 알기로 모모에가 할 수 있는 뜨개질은 모자, 장갑, 목도리

이 세 가지밖에 없다.

그나마도 예쁘게 모양을 내지 못하고,

겨우 알아볼 정도로 단순하게 만든다.

잘 하지도 못하는 뜨개질로 내 목도리를 만들어주겠다니……,

참 고마운 일이다.

배도 고프고 해서 낮에 점찍어놓은 오르골 카페를 찾아가던 길에

앞서 걷던 모모에가 어느 상점 앞에서 갑자기 걸음을 멈추었다.

야마다와 나는 물끄러미 서있는 그녀의 뒷모습을

한참 동안 지켜보았다.

모모에는 천사가 한 손에 별을 들고 있는 모양의 목걸이를

쳐다보고 있었다.

분홍색 구두를 신고 온 그녀가 발이 아프다고 또 칭얼댔다.

야마다가 저쪽 의자에 앉아 기다리라고 말하더니

갑자기 어디론가 사라졌다.

잠시 후 돌아온 그가 바닥에 무릎을 꿇더니

모모에의 신발을 벗기고 뒤꿈치에 밴드를 붙여주었다.

자기 발가락이 못생겼다고 항상 투덜거리던 모모에는

마네킹처럼 몸이 굳어 눈만 깜빡이고 있었다.

그 모습을 보고 난 야마다에게 반해버렸다.

옆에서 지켜보는 동안 심장이 계속 쿵쾅거렸다.

오르골 음악이 흐르는 카페에서 우린 크레페를 먹었다.

음식을 맛있게 먹던 모모에가 일년 뒤

이 카페에 꼭 한번 다시 오자고 말했다.

세상에 상처받은 사람들을 치유해줄

가장 아름다운 이야기와 음악을 가지고 가마쿠라에 다시 오자고

우리 셋은 손가락을 걸고 약속했다.

약속의 증거를 남기기 위해,

직원에게 부탁해서 야마다의 작은 사진기로 사진을 찍었다.

모모에와 난, 내가 조카들에게 선물하려고 산

야광 별 두 개가 반짝이는 머리띠를 나눠 쓰고 포즈를 취했다.

별 네 개가 공중에서 반짝였다.

돌아오는 차 안에서 모모에와 야마다는 나란히 앉았다.

일요일에 교회에서 열리는 바자회 준비 때문에

앞자리에는 짐이 가득했기 때문이다.

모모에가 몹시 피곤했는지, 야마다의 어깨에 기대어 자고 있었다.

야마다는 생각에 잠겨 아무 말이 없었다.

그러면서도 한 손으로는 깊이 잠들어 이리저리 흔들리는

모모에의 머리를 가만히 받치고 있었다.

오늘은 교회에서 해마다 열리는 바자회 날이었다.

모모에와 모리 엄마는 라면마녀 복장을 하고

열심히 비행기를 접어 팔았다.

종이로 접을 수 있는 비행기의 종류가 그렇게나 많다는 걸

오늘에야 처음 알았다.

가발을 쓴 모모에의 머리가

라면처럼 구불구불 꼬인 것이 정말 웃겼다.

태우는 그 옆에서 자꾸만 모모에 머리가 파스타 같다면서 놀려댔다.

결국 모모에가 그의 팔을 꽉 꼬집고 나서야 태우는 입을 다물었다.

역시 철없는 남편은

여자의 따끔한 맛을 봐야 정신을 차리는 것 같다.

하루 종일 국수를 볶아 야끼소바를 만들었더니,

지금도 팔이 아프다.

야마다에게서 오늘 오후에 전화가 왔다.

갑자기 샌프란시스코에 있는 아들 집에 간다고 했다.

언제쯤 오냐고 물었더니,

몇 달은 걸릴 것 같다면서 귀국하면 연락 주겠다고 했다.

야마다가 너무 부럽다.

텔레비전에서 보았던, 요트가 떠다니는 따뜻한 바다와

크렘차우더 수프를 마음껏 즐길 수 있으니까…….

며칠 전, 민들레 카페에 작은 소동이 있었다.

오후 세시쯤,

야구공 하나가 날아와

카페 뒤쪽 유리창을 박살낸 것이다.

와장창 소리에 다들 얼마나 놀랐는지,

다친 사람이 없는 게 천만다행이었다.

범인은 열네 살짜리 중학생 소년이었다.

오후에 그 아이가 부모님을 모시고 카페에 왔다.

소년의 부모님은 언뜻 교양 있고 배운 사람처럼 느껴졌다.

그러나 그들의 입에서 미안하다는 말은 단 한마디도 나오지 않았다.

단지, 유리를 최고급으로 보상해주겠다는 말뿐이었다.

이야기가 끝나갈 무렵,

내 목의 십자가 목걸이를 본 아이 아빠가 크리스천이냐고 물었다.

내가 교회에 다니고 있다고 대답하자,

그 때부터 자신은 교회 집사라면서

목사님처럼 장황하게 설교를 하기 시작했다.

설교 중간 중간 자기 아들이 이렇게 야구 선수가 된 것도

다 하나님의 은혜라며 온갖 성경 구절을 내게 쏟아냈다.

더 황당한 것은 그의 아내였다.

자기 아버지가 목사님이라며 아주 자신감 있게 말하는 것이었다.

그들이 돌아간 후 기분이 아주 씁쓸했다.

오늘 길에서 그 소년을 우연히 만났다.

아는 척 하고 싶지 않았지만,

그 아이가 먼저 인사를 하며 유리창을 깨서 죄송하다고 말했다.

난 마음이 누그러져 그 아이와 이런 저런 이야기를 나누게 되었다.

소년의 부모님은 아이가 어렸을 때부터 직장을 다니셨다고 했다.

소년은 가정부와 할머니 손에서

부모의 정을 모르고 자라난 것 같았다.

그 부모는 소년에게,

다른 사람에게 먼저 사과하는 것은 결국 비굴해지는 것이라고

어릴 때부터 귀에 못이 박히도록 이야기해왔다고 한다.

운전 중에 사고가 났을 때 서로 고함을 치며 싸우는 것처럼

아이의 부모는 어릴 때부터 절대 물러서지 않는 자존심을

강조하고 있었다.

우리가 혹시 유리창 값이라도 왕창 뜯어낼 사람들이 아닌 지
우선 탐색전을 벌인 후에, 장황한 설교를 늘어놓았던 것이다.
소년의 이야기를 듣고 보니 한편으론 섭섭했지만
다른 한 편으로는 그 부모가 조금은 이해되는 부분도 있었다.
세상엔 내가 처음부터 방어 자세로 나와야 하는 나쁜 사람들이
너무나 많이 있다.
난 소년에게, 운동하다 맛있는 아이스크림이 먹고 싶으면
언제든지 카페로 오라고 했다.
소년은 씩 웃으면서 고개를 끄덕였다.

나는 누군가 크리스천이라고 물으면,
그냥 교회에 다닌다고만 대답한다.
나의 행동과 말을 보며 혹시 실망할 사람이 있지 않을까,
이율배반적인 사람이란 소리를 듣게 되지 않을까,
쉽게 크리스천이란 말을 쓰지 못하겠다.

요즘은 왜 이렇게 놀랄 일이 많이 일어나는 지 모르겠다.
오늘 점심 시간에 요시아의 학교 축제가 끝난 후,
엄마들이 무리를 지어 카페에 몰려왔다.

축제 행사의 하나로, 매년 엄마들의 장기자랑대회가 열린다.

모모에는 일주일 전부터 음악을 좋아하는 엄마들과 모여

연습을 하고 있다고 했다.

난 그녀가 첼로를 가지고 장기자랑에 출전할 거라고 생각했다.

그러나 내 예상은 완전히 빗나갔다.

요시아의 반에는, '민들레의 마돈나'라고 불리는 엄마가 한 명 있다.

대학에서 무용을 전공했다고 했다.

모모에가 그 마돈나와 함께, '마돈나와 친구들'이라는

3인조 댄스 팀을 결성하여 가수 '보아'의 노래로 춤을 춘 것이다.

화장을 지우고 옷을 갈아입고 시상대에 올라온 모모에를 알아보고

학부모들은 다 뒤로 넘어갈 정도로 놀랐다.

그녀가 평소에 꽤 얌전하다고 느껴왔던 엄마들은

특히나 더 충격적이었다고 했다.

'마돈나와 친구들'은 모모에가 평소에 좋아하던

'요요마와 친구들'의 패러디였다.

모모에는 '요요마와 친구들'이 연주하는 탱고를 즐겨 들어왔다.

그러나 그녀가 진정으로 추구했던 것은

사실 보아의 백댄서였던 것이다.

축제에서 돌아온 모모에는 아무 일 없다는 듯 열심히 일을 했다.

진정한 양파는 아마 모모에일지도 모른다.

날씨가 점점 더 더워지고 있다.

낮에 에어컨을 틀지 않으면 짜증이 나서 일을 못 할 정도이다.

우리 카페는 커피가 맛있기로 동네에 소문이 났다.

그런데 '빨간 바지' 아줌마에게는 그렇지 않나 보다.

그녀는 항상 우리 커피에 트집을 잡고

자신의 입맛에 맞추어 다시 만들어오라고 한다.

어찌나 성질이 까다롭고 괴팍한 지,

예쁘장하게 생긴 그 아줌마가 왔다 가기만 하면

나와 모모에는 화를 삭이느라 서로 부채질을 해대곤 한다.

일주일 전 빨간 바지는 '해피'라고 부르는 자기 강아지와

테라스에서 커피를 마시고 있었다.

그런데 그녀에게 커피를 가져다 준 모모에가 카페 안으로 들어와서

숨을 몇 번 크게 쉬더니 다시 테라스 쪽으로 나가며 문을 닫았다.

순간 불길한 예감이 들어 난 곧장 그녀의 뒤를 쫓아 나갔다.

모모에는, 도저히 빨간 바지의 입맛을 맞출 수 없으니

다른 커피 집을 이용하는 게 어떻겠냐고 작은 목소리로 말했다.

이어 빨간 바지에게서 차마 입에 담지 못할 막말이 튀어나왔다.

너무나 예쁘게 생긴 그 얼굴로 어떻게 그런 말을 할 수 있는 지

놀라울 뿐이었다.

아무 표정 없이 그 막말들을 끝까지 듣고 있던 모모에는

아주 무섭게 그녀를 노려보며

너 같은 인간은 너와 똑 같은 인간 만나서 평생 해피하게 잘 살라며

냉정하고 차분하게 쏘아붙였다.

그 일 후 모모에는 사흘 동안 카페에 나오지 않았다.

그런데 이틀 전 아침 일찍, 그 빨간 바지가 우리 카페에 또 나타났다.

그녀를 본 순간, 그 막말들이 떠올라 눈을 마주치고 싶지도 않았다.

그런데 전과 다르게 기가 푹 죽어있던 그녀는,

모모에게 전하는 한 통의 편지를 남기고 갔다.

그날 저녁, 모모에는 그녀에 대한 이야기를 해주었다.

그녀는 가난한 집안의 딸이었다.

어릴 때부터 그림을 너무 잘 그려,

학교에서 상이란 상은 다 휩쓸 정도로 촉망받는 예비 화가였다.

자랑할 것 하나 없는 그녀의 부모에게, 그녀는 유일한 희망이었다.

그녀의 남편은 미국에서 공부한, 아주 멋지고 능력 있는 남자였다.

남편의 어머니는 젊을 때 자기 남편에게 버림 받고,

홀로 악착같이 돈을 벌며

하나뿐인 아들을 훌륭하게 키워냈다.

그런데 최고라고 생각한 아들이

같은 회사의 여직원과 사랑에 빠진 것이다.

자기가 생각하기에 너무나도 형편없는 그 여자를

결혼하겠다고 데려왔다.

어머니는 그날부터 이불을 깔고 누워 아들과 전쟁을 시작했다.

젊은 시절부터 자신만을 믿고 갖은 고생을 다한 어머니의 뜻을
아들은 거부할 수 없었다.

어머니가 선택한 조건 좋은 여자와의 만남이 줄줄이 이어졌지만
결국 그가 선택한 여인은 엄청나게 예쁘지만 가난한 미대생,
빨간 바지였다.

자신의 가난에 환멸을 느꼈던 빨간 바지는

오로지 돈만이 자신을 신데렐라로 만들어 줄 수 있다고 생각에

4년 동안 만나온 같은 학교 선배를 차버리고,

능력 있고 잘 생긴 지금의 남편을 선택한 것이란다.

신데렐라를 꿈꾸던 그녀는

시어머니의 허영을 만족시키는 껍데기를 두른 채

커다란 성에 갇혀버린 신세가 되었다.

시어머니는 동창회에만 다녀오면

그녀를 다른 집 며느리와 비교하기 시작했다.

그녀는 아직도 가난한 친정의 살림을 위해

시어머니의 정신적 학대를 말없이 견뎌내고 있는 중이다.

남편마저 애초에 다른 여자에게 마음이 있었기에

자신의 편이 되어주지 않았다.

그녀의 정신적 공황은 아이들에게까지 영향을 미쳤다.

엄마의 우울증과 아빠의 무관심은 어린 자녀에게

치명적인 독과 같았다.

그녀는 시어머니가 애지중지하는 강아지 '해피'보다도 못한 취급을

15년 가까이 견뎌내고 있었다.

결국 그녀의 친정 어머니가 몰래 가져다 준 우울증 약을 먹지 못하면

하루도 버티지 못하는 상황이 된 것이다.

그녀는 집에서 받는 스트레스를 엉뚱한 나와 모모에에게 풀면서

상대적 위로를 받고 있었다.

모모에는 그녀가 다음 주에 메구미 교회에 온다고 했다.

아마도 모모에가 빨간 바지에게 무언가 조언을 해주었나 보다.

오늘 메구미 교회에 다니던 한 사장님의 장례식에 다녀왔다.

사장님은 우리 교회에 나오신 지 얼마지 않아 병을 얻어 입원하셨다.

나는 목사님과 함께 그의 쾌유를 위한 기도를 드리기 위해 병원에

방문했었다.

목사님은 죽음을 앞둔 그의 손을 잡고 기도하셨다.

갑자기 사장님은 자신이 너무 어리석은 인생을 살았다며

울기 시작했다.

돈을 벌기 위해 수많은 사람들에게 상처를 주고,

가족을 돌보지 못한 걸 뒤늦게 후회하셨다.

그에게 남은 것은 유산에만 관심 있는 여러 부인과 자식들뿐이었다.

호화로운 병실에

홀로 간병인과 있는 그의 모습은 너무나 애처로웠다.

때때로 장례식에 참석하며 인생의 덧없음을 한없이 느낀다.

누구나 겪는 죽음 앞에 한없이 작아지고 겸손해진다.

어린 자녀를 떠나 보내는 부모를 장례식에서 만나는 것은

정말 힘든 일이다.

장례 예배를 인도하는 목사님들의 마음이 어떨까 생각해본다.

어린 자녀를 보내는 부모에게 주고 싶은,

〈옳은 말〉이라는 제목의 시가 있다.

  "제발, 내가 그것을 극복했는지 묻지 말아주세요.

  난 그것을 영원히 극복하지 못할 테니까요.

  지금 그가 있는 곳이 이곳보다 더 낫다고 말하지 말아주세요.

  그는 지금 내 곁에 없으니까요.

  더 이상 그가 고통 받지 않을 거라고는 말하지 말아주세요.

  그가 고통 받았다고 난 생각한 적이 없으니까요.

내가 느끼는 것을 당신도 알고 있다고는 말하지 말아주세요.
당신 또한 아이를 잃었다면 모를까요.

내게 아픔에서 회복되기를 빈다고 말하지 말아주세요.
잃은 슬픔은 병이 아니니까요.

내가 적어도 그와 함께 많은 해들을 보냈다고는 말하지 말아주세요.
당신은 당신의 아이가 몇 살에 죽어야 한다는 건가요?

내게 다만 당신이 내 아이를 기억하고 있다고만 말해주세요.
만일 당신이 그를 잊지 않았다면.

신은 인간에게 극복할 수 있는 만큼의 형벌만 내린다고
말하지 말아주세요.
다만 내게 가슴이 아프다고만 말해주세요.

내가 내 아이에 대해 말할 수 있도록 단지 들어만 주세요.
그리고 내 아이를 잊지 말아주세요.

제발 내가 마음껏 울도록
지금은 다만 나를 내버려둬 주세요."

사람은 두 번 죽는다고 한다. 한번의 죽음은 육체적 죽음이고
또 한번의 죽음은 사람의 기억 속에서 잊혀지는 것이라고 한다.
앞으로 혼자 죽어가는 사람들이 점점 늘어날 것이다.
이 세상엔,
언제 다가올 지 모르는 고독한 죽음을 앞둔 영혼들이 너무도 많다.

모모에는 딸을 가진 엄마들을 무척이나 부러워한다.
겉으로 표현은 안 하지만
엄마와 같이 카페에 들어오는 여자 아이들의 모습을
가끔 물끄러미 쳐다본다.
특히 얌전하고 마음이 고운 아이들을 무척이나 좋아한다.
오늘 그녀는 냉장고에 한국의 바이올리니스트
'사라 장'의 사진을 붙여놓았다.
모모에가 가장 좋아하는 여자 음악가이다.
외모도 무척이나 마음에 들고,
특히 귀여운 성격이 매력적이기 때문이라고 한다.

오후에 라디오에서 〈Mother of Mind〉라는 노래가 흘러나왔다.

이 노래를 들을 때마다 생각나는 한국의 여자 성악가가 한 명 있다.

그녀의 어머니는 어린 딸의 재능을 일찍 발견하고는,

아낌없는 지원을 했다.

심지어 딸이 노래하는 데 신경 쓰일 것을 걱정해,

본인의 암 투병까지 숨겼다.

뒤늦게 어머니의 투병을 알게 된 그녀는

공연을 뿌리치고 한국으로 돌아갔다.

그러나 어머니는 딸을 호되게 혼낸 후에 돌려 보냈다.

그녀는 어머니의 죽음을 뒤늦게 알았다.

어머니가 딸에게 죽음을 알리지 못하게 했기 때문이다.

그녀가 부른 〈동그라미〉라는 곡을 들을 때마다

우리 엄마와 그녀의 어머니 얼굴이 자꾸만 그려진다.

오래 전에 무척이나 감동 깊게 본 〈노팅힐〉이라는 영화가 있다.

줄리아 로버츠와 휴 그랜트가 주인공으로 나온다.

영화 홍보 차 영국에 온 미국 배우 '안나'와

런던 노팅 힐에서 작은 서점을 운영하며 소박한 삶을 살아가는

'윌리엄'과의 러브 스토리이다.

마지막 장면에서, 엘비스 코스텔로의

〈She〉라는 음악 속에 결혼식을 올리는 장면,

공원 벤치에서 남편 무릎에 머리를 대고 편안하게 누워있는 장면은

지금까지도 감동으로 남아있다.

아무리 유명한 배우라도 항상 화려함 속에서만 살 수는 없다.

현실의 삶과 무대에서의 삶이 일치하지 않는 경우가 많기 때문에

자신의 실제 삶에 적응하지 못해 방황하는 경우가 적지 않다.

비록 영화였지만, 안나를 보며

나도 덩달아 잔잔한 음악 속에 마음의 평안함을 느꼈다.

엘비스 코스텔로의 음악을 들으면 이 영화가 꼭 생각난다.

내가 교회에서 성경을 가르치는 아이 중에,

친척 집에서 학교에 다니는 학생이 있었다.

아이의 아빠는 알코올중독이었고, 엄마는 가출했다고 했다.

어느 날 그 학생이 내게 잠깐 시간이 있냐며 상담을 요청해왔다.

그 아이는 밥을 아무리 먹어도 항상 배가 고프다고 했다.

나는 갑자기 내 초등학교 시절이 떠올랐다.

피아노를 아주 잘 치는, 하나코라는 친구가 있었다.

그녀가 피아노 대회에 나간다고 해서,

난 눈치 없이 응원을 하러 갔다.

하나코는 1등을 했다.

착한 하나코의 엄마는 기분이 좋으셨는지, 내게 저녁을 사주셨다.

하지만 나는 그 저녁을 끝내 편하게 먹지 못했다.

같이 온 하나코 엄마의 친구 중에

너무나도 화려하게 치장한 아줌마 한 분이

못마땅한 눈빛으로 날 계속 쳐다보며

나 들으라는 듯이 심한 얘기를 하는 통에

밥이 도저히 목구멍으로 넘어가지 않았다.

그 일은, 친척 집을 전전하는 아이의 마음을 이해할 수 있게 해준

고마운 기억이다.

그 날 난 하나코 엄마의 자가용 차가 아닌,

버스를 타고 집에 돌아왔다.

도저히 그 화려한 아줌마와 같은 차를 타고 올 자신이 없었다.

동네 주위를 빙빙 도는 버스였지만,

아무 눈치도 볼 필요가 없었던 그 버스는

내게는 천국이나 다름 없었다.

돌아가신 엄마가 내 주머니에 넣어준 동전 몇 개는

그 싸늘한 눈빛을 피할 수 있는 내 유일한 자존심이었다.

오늘 모모에는 내게 마더데레사의 시집을 선물했다.

"난 결코 대중을 구원하려고 하지 않는다.
난 다만 한 개인을 바라볼 뿐이다.
한번에 단지 한 사람만을 사랑할 수 있다.
한번에 단지 한 사람만을 껴안을 수 있다.
단지 한 사람, 한 사람, 한 사람씩만.

따라서 당신도 시작하고
나도 시작하는 것이다.
난 한 사람을 붙잡는다.
만일 내가 그 사람을 붙잡지 않았다면
난 4만 2천 명을 붙잡지 못했을 것이다.

모든 노력은 단지 바다에 붓는 한 방울의 물과 같다.
하지만 만일 내가 그 한 방울의 물을 붓지 않았다면
바다는 그 한 방울만큼 줄어들 것이다.

당신에게도 마찬가지이다.
당신의 가족에게도
당신이 다니는 교회에서도 마찬가지이다.
단지 시작하는 것이다.
한번에 한 사람씩."

모모에와 근처 레스토랑에 점심을 먹으러 갔다.

그녀는 치즈 그라탕을 시켰다.

느끼한 음식을 별로 좋아하지 않는 그녀가 내게 이야기했다.

예전에 딱 한번 만난 사람이 있는데,

그 사람이 그 날 치즈 그라탕을 먹었단다.

자기와 생각이 좀 비슷한 것 같아 몇 번 더 만나고 싶었지만

인연이 없었는지, 그날로 헤어졌다고 한다.

그날 이후,

그라탕만 보면 기억도 희미한 그 사람의 얼굴이 떠오른다고 했다.

나도 생각나는 사람이 한 명 있다.

고등학교 때 아르바이트 하던 국수집에,

저녁만 되면 어느 남학생이 국수를 먹으러 왔다.

얼굴에 여드름이 잔뜩 난 게, 꼭 멍게 같은 아이였다.

가끔 나와 눈이 마주치면,

고개를 푹 숙이고 번개처럼 국수만 먹었다.

몇 달 후, 그는 나에게 먼 곳으로 이사를 가서

오늘이 마지막이 될 것 같다고 말했다.

그날 그 남자애가 선물로 주고 간 책은, 어

느 성공한 여사장의 자서전이었다.

가끔 국수를 먹다가 그 여드름 난 멍게가 생각난다.

기분 나쁜 기억도 있다.

오사카에 있을 때, 내가 다니던 회사의 사장은 젊은 남자였는데

사무실에 근무하는 여직원들을

항상 이상야릇한 눈빛으로 쳐다보곤 했다.

그 사장은 항상 느끼한 냄새의 향수를 뿌리고 다녔다.

지금도 지나가는 모르는 남자에게서 그 향수 냄새가 나면

당장 달려가 다른 향수로 바꾸라고 외치고 싶다.

민들레 마을에는 자식 없이 혼자 사는 할머니께서 한 분 계신다.

카페 엄마는 가끔 반찬을 만들어 나에게 가져다 드리라고 하시는데,

오늘은 대문 앞에 지팡이를 짚고 멍하니 하늘을 바라보고 있는

할머니의 모습을 보았다.

아무도 찾아오지 않고 찾아갈 곳도, 찾아갈 힘도 없는

그 작은 할머니를 보면

왠지 미래의 내 모습을 보는 것 같아 불안함이 밀려온다.

나도 결혼에 대해 관심이 없는 것은 아니다.

주변에서 내가 혼자라는 것을 알고 많은 사람을 소개해주기도 했다.

그래도 아직까지 느낌이 통하는 사람을 만나진 못했다.

사람들을 만나며 너무나 많은 상처를 받았고,

결혼에 대한 회의가 들기도 했다.

결혼은 아무것도 모르는 순진할 때 하는 것이 좋다는 어른들 말씀이

맞을 지도 모른다고 생각한 게 한두 번이 아니다.

너무나 많은 것을 듣고 보고 알아버린 지금은 결혼이 두렵다.

나를 평생 동고동락할 배우자로 보는 것이 아니라

자기의 부족한 부분을 채워줄

욕구 충족의 대상으로만 여기는 사람들을 많이 보았기 때문이다.

자신의 아이를 낳아줄 대리모, 집안 살림을 맡아줄 가정부,

내 통장의 돈, 부모의 병수발을 해줄 간병인,

이혼한 전 부인이 낳은 아이를 키워줄 보모…….

결혼생활의 중심에 평생을 함께할 배우자에 대한 배려는

눈곱만큼도 없고

자신의 열등함과 문제를 해결해 줄

'슈퍼우먼'을 찾고 있는 사람들을 만날 때마다

나까지도 성격이 이상하게 변하는 것을 느꼈다.

나도 조건을 따지지 않는 것은 아니지만, 정말 황당할 때가 많다.

간혹 마음에 드는 사람도 있었지만 인연으로 이어지지는 않았다.

그렇다고 나이때문에 마음에도 없는 사람과 결혼할 수는 없다.

어떤 남자는 애인과 헤어진 후,

아무 애정도 없는 내게 결혼하자고 했다.

순간적이고 정에 이끌린 판단은 인생을 평생 불행하게 만들 수 있다.
누구나 결혼을 할 때에는 열 번이고 스무 번이고 심사숙고해야 한다.
너무 지나치게 욕심을 내거나 아무 생각 없이 결혼을 하면
후회하기가 아주 쉽다.

중학교 동창이 얼마 전 이혼을 했다.
그녀는 아무 조건 없이 그 남자의 웃는 모습에 반해 결혼했었다.
남자는 세속적인 면에서
아내보다 나은 조건을 하나도 가지지 못했다.
그들의 행복은 오래가지 못했다.
남편의 부인에 대한 열등감과 자격지심은 의처증을 일으켰고
심지어는 아내에게 폭력까지 썼다.
남편의 가족들은 아내가 잘난 척을 해서 남편에게 맞은 것이라며
오히려 그녀가 자신들을 무시했다고 남편을 두둔했다.
이혼을 하고 친정에 온 남편의 여동생까지
내 친구를 괴롭히는 데 합세했다.
수시로 전화를 걸어 간섭을 하고, 친구의 마음에 비수를 꽂았다.
친구의 행동이 자기들 마음에 들지 않으면
잘난 척 하는 며느리는 필요 없다며 고래고래 소리를 질렀다.

사랑 하나만 믿고 결혼한 그녀가 나에게 전화를 했다.

　"결혼을 하려면 남편을 키운 부모를 꼭 만나보도록 해.

　　어릴 때 받은 상처는 성인이 될 때까지 치유가 되지 않으면

　　꼭 문제를 일으키게 돼있어.

　　서로 그 상처들을 솔직히 고백하고 감싸 안을 준비가 되었을 때

　　그리고 너를 욕구 충족의 수단이 아닌

　　진정한 인격체로 상대방 가족들이 인정했을 때

　　그 때 결혼을 하도록 해.

　　난 이혼을 후회하지 않아.

　　아이가 없는 것이 정말 다행이고,

　　아마 그 사람들과 몇 년을 더 버텼다면

　　난 정신병원에 입원했을 거야.

　　수시로 나에게 무리한 요구를 하는 통에

　　제대로 숨쉬고 살 수가 없었어.

　　내가 겪은 그 수많은 사연들을 적은 일기장을

　　어제 불에 태워버렸어."

그녀의 시아버지는 수시로 시어머니를 때렸다고 한다.

남편은 그것을 보고 자라온 것이다.

그녀는 마지막에 이런 말을 남겼다.

　"아무리 조건이 좋더라도 교만한 사람들하고는 절대 상대하지 마.

교만한 사람은 자신의 잘못을 인정하지도 않고,

다른 사람의 잘못을 용서하고 포용할 줄도 모르는 인간들이야."

민들레 카페에 새로운 단골 손님이 생겼다.

히로또라는 이름의 젊은 청년인데,

아주 귀엽고 성실한 사람 같다.

그는 카페에서 흘러 나오는 음악에

무척이나 관심이 많다.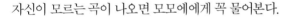

자신이 모르는 곡이 나오면 모모에에게 꼭 물어본다.

자기 아버지가 아프셔서 병원에 계시다며,

우리 카페에 있는 책을 빌려볼 수 있는지 물었다.

모모에는 자기가 감명 깊게 읽은 책을 히로또에게 추천해 주었다.

그는 자신의 어머니가 커피를 무척이나 좋아한다고 하면서

민들레카페의 커피를 가끔 포장해 간다.

그가 타고 다니는 차의 유리는 무척이나 까맣다.

오늘도 그는 민들레 카페에서 모모에가 추천한 책을 빌려갔다.

이틀 전 아침, 모모에가 흰색 책꽂이와 책들을 카페에 가지고 왔다.
자신이 감동적으로 읽은 책들을 손님들에게 보여주고 싶다고 했다.
〈그 청년 바보 의사〉라는 제목의 책이 내 눈에 들어왔다.
의사면 머리도 좋고 공부도 잘 했을 텐데
왜 바보일까 하고 생각했는데, 그녀가 내게 말했다.
  "그 사람, 바보가 아니라 예수님처럼 살다 간 사람이야."

그 바보 의사의 이름은 안수현이다.
33세의 나이로 갑자기 세상을 떠난 이 청년의 장례식에는
의사들, 간호사들, 병원 직원, 교회 선후배, 군인들,
병원 청소하는 분, 식당 아줌마, 매점 앞 구두 닦는 아저씨도
참석했다고 한다.
구두 닦는 아저씨는, 자신에게 항상 머리 굽혀 인사하는 의사는
그 청년이 평생 처음이었다고 했다.
밤 늦게 식사를 못한 환자에게는
식판을 직접 챙겨가서 밥을 먹이는 의사였다.
나는 음악을 통해 그와의 공통점을 찾아냈다.
그는 가스펠 음악을 무척 좋아했는데,
'브루클린 태버너클 성가대 The Brooklyn Tabernacle Choir'의 음악을
즐겨 들었다.
그는 사람들에게

자신의 시간과 마음을 아낌없이 내어주고 떠나간 사람이었다.

그가 남긴 사랑의 흔적은

지금도 많은 사람들의 가슴 속에 살아 숨쉬고 있다.

나는 모모에게 이 책을 소개해준 보답으로,

레온 플라이셔 Leon Fleisher의 CD를 선물했다.

이 피아니스트는 갑자기 찾아온 오른손의 장애로 인해

한 손으로 연주하는 음악가이다.

그 바보 의사의 글을 읽던 중에

마음에 간절히 와 닿는 글귀가 있었다.

　"내가 현재 열매를 맺는 영역들은

　　내가 겪었던 좌절들에서 파생된 결과이다."

저녁 때 요시아와 같이 텔레비전을 보며 저녁을 먹었다.

여자 주인공 때문에 집안 식구들 모두가

하루도 마음 편할 날이 없는 내용의 드라마였다.

유심히 드라마를 보던 요시아가 모모에게 한마디 툭 던졌다.

　"텔레비전에 나오는 저 아줌마, 꼭 총 없는 테러리스트 같아.

　　입으로 식구들을 다 죽이고 있잖아……."

어린 녀석의 한 마디가 내 가슴에 깊이 와 닿았다.
내게 상담을 신청한 많은 사람들이 바로
그 총 없는 테러리스트들에게
무차별 공격을 당한 힘없는 사람들이기 때문이다.

밥을 다 먹은 요시아는 뜬금없이
한국에 살고 있는 개미들의 고향이 어딘지 아느냐고 물었다.
정답은
 '허리도 가늘군 만지면 부러지리'

나에게 친구란 무척이나 소중한 존재이다.
모모에는 자신의 가족들이 다 친구이다.
엄마, 언니, 오빠, 남편, 아들, 조카들…
그녀에게는 모두가 다 친구 같은 존재이다.
하지만 난 여동생말고는 친구같은 가족이 단 한 명도 없다.
나는 다윗과 요나단같은 우정을 나눌 수 있는 친구를 허락해달라고
하나님께 항상 기도드린다.
우정은 빨리 성장하지 않는다. 그 점이 연애와 다르다.
사랑은 순식간에 이루어질 수 있지만, 우정은 오랜 시간이 필요하다.

연애가 불같다면, 우정은 나무와 같다.

연애는 뜨겁게 불타오르다가 한 순간에 사그라들지만

우정은 갑자기 타오르지 않는다.

이런 문구가 있다.

　"시간은 우정을 강화하지만, 연애를 약화시킨다."

　"네 친구에 대해서 말하라.

　　그러면 네가 어떤 사람인지를 내가 말하리라."

　"악한 친구는 선한 행실을 더럽힌다."

우정은 교만이 아닌, 겸손과 평등의 정신에서 나오며

참된 우정은 계급, 나이, 인종, 배경, 학력의 차이를 초월한다.

진정한 우정은 서로의 인격 형성과 자아 개발,

신앙 성장에 도움을 주어야 하며

궁극적으로는 서로 존경하는 사이로 발전해야 한다.

넓은 의미에서 우정은 교육적 가치를 지녀야 한다.

나는 다윗보다 요나단을 좋아한다.

그는 왕자의 신분으로 평범한 소년이자 목동인 다윗을 만났다.

그러나 다윗의 엄청난 가능성을 보고 그를 친구로 만들었다.

요나단은 자신이 서야 할 왕의 자리에 친구인 다윗을 세웠다.

진정 그는 무대 뒤의 영웅이었다.

칸트는, 인간에게는 타인에 대해 두 가지 의무가 있다고 말했다.

그것은 사랑과 존경이다.

나에게 모모에는 다윗도 요나단도 아니다.

그저 나와 텔레파시가 너무나 잘 통하는, 그런 귀여운 친구이다.

물론 나도 그녀에게서 배우는 점이 있다.

모모에가 엄마와 친구처럼 잘 지내는 모습이다.

요즘은 엄마가 젊은 사람들의 생각을 가지도록 옆에서 도와준다.

그녀는 자신을 통해 가족들이 평화롭게 지내는 것이

자신의 삶에서 가장 중요한 목표 중 하나라고 한다.

엄마가 없는 나는 그녀의 그런 모습이 가장 부럽다.

모모에는 내가 요나단 같다고 말한다.

내가 세상에서 가장 존경하는 친구라고 했다.

그녀에게 이유를 물었다.

"난 네 입에서 단 한번도 자신의 환경을

다른 사람과 비교하는 얘기를 들어본 기억이 없어.

그리고 넌 누구에게 의지하지 않고

오히려 자신보다 힘든 사람들을 위해 열심히 봉사하지.

너는 세상에서 내가 만난 사람들 중

긍정의 힘을 가장 많이 가진 사람이고

내가 하나님이라면 복을 내려줘야 할 첫 번째 사람이야."

그녀가 웃으며 말했다.

오늘 모모에의 친구들이 단체로 카페에 놀러 왔다.

난 그녀의 가장 친한 친구이지만,

그녀의 다른 친구들을 만난 적은 별로 없다.

태우도 모모에의 친구들에 대해 거의 모른다.

가끔 모모에는 미스터리한 면이 있다.

자신의 친구들을 꽁꽁 숨겨두고 아주 가끔씩만 만나는 것 같다.

'손가락 기브스'인데다가 집밖에 모르는 성격이라 그런가?

아마 카페를 하지 않았다면

그녀는 거의 은둔에 가까운 생활을 했을 것이다.

모모에를 제대로 아는 사람은 아무도 없는 것 같다.

내가 만나는 사람마다 그녀에 대한 평가가 많이 다르다.

나도 가끔은 그녀의 어떤 모습이 진짜인지 헷갈린다.

그런 그녀에게 오늘 단체 손님이 온 것이다.

대학 때 같이 유럽을 여행했던 친구들이란다.

여류화가 왕눈이의 귀국을 축하하기 위한 모임이었다.

오늘 온 손님의 별명들이 참 다양했다.

　'은하수'는 모모에와 한달 동안 같은 방을 썼다는,

　눈이 반짝 반짝 빛나는 친구이다.

　'왕눈이'는 파리에서 미술 공부를 하고

얼마 전에 돌아온 눈이 큰 여류화가이다.
'람보'는 유럽 여행 동안 빛나는 영어솜씨로
모모에의 통역을 많이 도와준 친구라고 한다.
'마르크의 왕자'는 젠틀맨이라고 불리기도 하고,
유럽 여행 때 달러나 프랑이 아닌
마르크화만 잔뜩 가지고 갔다는 건축가 친구이다.
'쇼핑의 황제'는 벼룩시장에서 점찍어 놓은 물건은
모조리 사고야 만다는 내과의사이다.

이 다섯 명이 모모에와 한 팀을 이루어
유럽을 누비고 다녔다는 사람들이다.
다들 너무나 재미있고 좋은 사람들 같았다.
서로 어찌나 재미나게 이야기하는지,
모모에가 그렇게 즐거워하는 모습은 아마 처음이지 싶다.
그들에게 모모에의 별명을 물어보았더니
모모에가 가르쳐주지 말라고 난리를 쳤다.
어렵게 알아낸 모모에의 별명은 '잠자는 기차의 공주'란다.
아무도 기차에서 그녀와 대화를 나눈 기억이 없다고 했다.
기차를 타고 정확히 5분만에
그녀는 창가에 기대어 잠이 들었다고 한다.
모모에는, 그 때는 겨울이라 너무 추웠고

배낭도 무거워 체력이 달렸기 때문에

그렇게 잠을 보충하지 않으면 견딜 수 없었다고

변명을 끊임없이 이어갔다.

모모에는 프랑스의 니스가 기억에 많이 남는다고 했다.

〈짜라투스트라는 이렇게 말했다〉를 쓴 니체가 살았던 곳을

한번 더 가보고 싶다고 했다.

아침에 늦잠 자다가 기차를 놓칠 뻔 한 일,

스위스에서 왕눈이와 눈썰매 타다 죽을 뻔 한 일,

영국의 케임브리지 대학에 갔던 일,

오스트리아의 짤즈부르크에서

'사운드 오브 뮤직' 투어 버스를 타고 여행한 일 등등……

이야기가 끝이 없었다.

람보의 유창한 통역 덕분에,

지휘자 카라얀이 살던 마을도 구경할 수 있었다고 한다.

영어를 잘 못하는 모모에는

요즘 아들 요시아의 영어 교육에 열을 올리고 있다.

오늘 프랑스 파리에 살고 있는 모모에의 대학시절 단짝 친구가

인형을 선물로 보내왔다.

나와 모모에의 사진을 보고 손으로 직접 만들어 보내준 것이다.
작고 귀여운 인형이다.
크리스마스 때
그녀에게 고맙다는 카드를 보내야겠다.

모모에는 프랑소와즈 사강의
〈브람스를 좋아하세요…〉라는 책을 읽고 있다.
불어로는 'Aimez-vous Brahms…'라고 하는데,
작가는 자신의 작품 뒤에 점 세 개를 꼭 찍도록 했다고 한다.
그녀의 필명 '사강'은 프루스트의
〈잃어버린 시간을 찾아서〉에 등장하는 인물에서 따온 것이다.
모모에의 지도교수님이 프루스트의 작품을 좋아하셔서
그녀도 대학 때 친구들과 이 작품을 공부했다고 한다.
모모에는 브람스의 음악을 좋아한다.
자신이 좋아하는 클라라를 브람스가 무척이나 좋아했기 때문이다.
슈만의 제자였던 브람스는
열 네 살 연상의 클라라를 보고 첫눈에 반한다.

슈만이 그의 선생이자 후견인이었기 때문에

그의 사랑은 음악으로밖에 표현될 수 없었다.

⟨브람스의 눈물⟩이라는 작품은

클라라의 생일에 브람스가 바친 곡이다.

브람스의 피아노 소나타 2번은 클라라에 대한 사랑의 소나타였다.

음악을 통해 표현되는 그의 사랑은

77세의 나이로 클라라가 사망할 때까지 계속되었다.

사강과 모모에의 공통점은,

브람스와 사르트르를 좋아한다는 것이다.

모모에가 세상에서 가장 만나고 싶은 남자는 바로

프랑스의 위대한 철학자이자 문학가인 사르트르이다.

사르트르가 살아있었다면,

그녀는 아마 끈질기게 불어에 열중했을지도 모른다.

그러나 사르트르는 그녀가 초등학교에 다닐 때 세상을 떠났다.

사강은 ⟨황홀한 기억 속으로⟩라는 작품에서 이렇게 말한다.

   "당신은 무수히 많은 영예들과 그대의 명성으로부터 얻을 수 있는

   모든 물질적 부를 고집스러울 정도로 거부했습니다.

   그 같은 일의 일환으로 당신은 노벨상 수상을 거부했으며,

   그 결과 당신은 아무것도 가진 것이 없습니다.

   또한 당신은 당신이 마음에 든다면 여성 연극인들에게,

   비록 그녀들에게 전혀 걸맞지 않은 자리일지라도

지나치리만큼 큰 역할을 주기도 했습니다.

왜냐하면 당신에게는 사랑이 '영광 뒤에 따르는 찢어질 듯

크나큰 슬픔의 징표'였으므로……

결국 당신은 사랑했으며, 글을 썼으며, 나눔을 실천했으며,

당신이 주고자 했던 모든 것을 주었습니다.

그 같은 일은 참으로 중요합니다.

그러나 동시에 당신은

사람들이 당신이 주고자 했던 모든 것을 거부했습니다.

이것 역시 참으로 중요한데도 말입니다.

당신은 작가이기에 앞서 하나의 인간이었습니다.

인간의 나약함을 정당화하기 위해

당신은 작가적 재능을 이용하지 않았으며,

유일한 창작의 기쁨 또한 측근이나 주변의 많은 사람들을

비하하거나 무시하는 데 사용하지도 않았습니다."

나는 카뮈의 〈이방인〉을 좋아하는데,

모모에는 사르트르의 〈구토〉를 좋아한다.

나는 도스토예프스키를 좋아하는데,

모모에는 톨스토이를 좋아한다.

나는 슈만의 〈트로이메라이〉를 좋아하는데,

그녀는 브람스의 교향곡 3번을 좋아한다.

나는 릴케의 시를 좋아하는데,

그녀는 푸쉬킨을 좋아한다.

나는 〈마이 페어레이디〉의 오드리 햅번을 좋아하는데,

그녀는 〈남과 여〉에 나오는 아누크 에메를 좋아한다.

나는 라흐마니노프를 좋아하는데,

그녀는 차이코프스키를 좋아한다.

나는 성 프란시스코를 존경하는데,

그녀는 마더데레사를 존경한다.

이렇게 다른 우리의 공통점 중 하나는, 좋아하는 숫자이다.

바로 '3'이다.

성부, 성자, 성령 삼위일체의 하나님을 가장 사랑하기 때문이다.

태우는 모모에만 보면 싱글벙글이다.

처음에 태우는 모모에가 카페에서 일하는 것을 반대했다.

태우의 성격이 보수적이기도 하지만,

마음이 여리고 상처를 잘 받는 모모에가

혹시나 사람들 속에서 힘들어하지나 않을까 하는 우려 때문이었다.

세월이 지나면 부부는 친구처럼 변한다고 하더니

요즈음 모모에는 태우의 누나 같다.

태우는 최근 들어 흰머리가 부쩍 늘었다.

모모에 말로는,

발코니 창 밖에서 깊은 담배를 피우는 모습을 자주 보는데,

얼굴 큰 인디언 추장이 자신의 부족을 지키기 위해 고민하는 모습과 비슷해 보인다고 한다.

명랑한 마누라 모모에는 요즘 그런 태우의 고민을 잘 들어준다.

솔직히 말하자면,

모모에와 태우가 외적으로 잘 어울린다고 생각하진 않는다.

모모에는 겉으로 보기엔 털털하지만, 예술적인 삶을 좋아한다.

태우는 전형적인 옛날 공대생이다.

예술이나 문화 쪽에는 관심이 별로 없다.

오로지 중고 자동차와 맥주, 자신이 공부한 분야에만 관심이 많다.

그녀에게 왜 태우와 결혼했는지 물어본 적이 있다.

그녀는 한참을 생각하더니

'운명적 만남'이라고 했다.

모모에의 표현이 너무 재미있다. 무슨 영화도 아니고…….

그녀는 좀 더 자세한 이야기를 이어갔다.

　"태우는 동그라미를 아주 잘 그리는 사람이야.

　　벼랑 끝에 서있는 사람들의 얼굴을 항상 자기 가슴 속에 그리고,

　　또 나에게 그 얼굴들을 조그맣게 내 가슴 속에 그려주곤 하지.

　　그는 절벽 끝에 서있는 사람을

절대로 낭떠러지로 밀어내지 못하는 성격이야.

비록 하나 하나 손을 잡아주진 못하더라도

마음 속에 그 모습을 꼭 그려서 집으로 돌아와."

모모에의 말을 듣고 보니 이해가 되었다.

태우가 중학생이었을 때,

동네에 신문을 돌리는 가난한 어린 학생이 있었다고 한다.

그 소년이 추운 겨울 가게 앞에서 떨고 있을 때

태우는 있는 돈을 털어 빵과 우유를 그 소년에게 사주었다고 한다.

화나면 무서운 태우는, 사실 마음이 무척 따뜻한 사람이다.

아들 요시아와 강아지 앤과도 무척이나 잘 놀아주는 자상한 아빠다.

모모에가 청소를 하면 힘드니 대충 하라고 말한다.

모모에가 반찬을 세 가지 하면,

너무 힘들다고 두 가지만 하란다.

모모에가 예쁜 옷을 사면 태우가 더 좋아한다.

둘이 저런 오누이 같은 사이가 되기까지는

10년 이상의 시행착오가 있었다.

서로에게 적응하고 이해하기까지 충분한 수업료를 지불해야 했다.

카페 테라스에서 남편의 흰 머리를 뽑아주는 모모에를 보며

얼마 전 텔레비전에서 본

드라마 〈아내는 마녀〉에 나오는 부부와 비슷하다는 생각이 들었다.

언제 무슨 일을 벌일 지 모르는 마누라와,

그 뒤를 졸졸 따라다니면서 해결하는 남편…….

태우가 흰 머리가 아닌 검은 머리를 뽑았다며

다시 붙여놓으라고 떼를 쓴다.

참으로 철 없어 보이는 부부다.

저녁 때 가족 관계를 연구하는 교수님이 주최한 세미나에서

〈좋은 아버지가 되려면〉이라는 작은 책으로 참석자들과 토론했다.

이 책은 세상 모든 남자들이 읽어야 할 책이라고 생각했다.

그 책 내용을 통째로 이 일기장에 적고 싶을 정도다.

이 세상에 생물학적 아버지 없이 태어난 사람은

한 명도 없기 때문이다.

많은 남성들이 자신의 아버지에 대해 많은 불만을 가지고 있다.

아버지의 잘못된 습관이

대대로 자식들에게 이어지는 경우도 쉽게 볼 수 있다.

3천명이 넘는 남성들을 대상으로 1995년에 실시한 설문조사에서

자신이 자라온 방식대로 아들을 키우고 싶은지 질문을 했다.

놀랍게도 '아니오'라고 대답한 비율이 93%나 되었다.

좋은 아버지가 되기 위한 훌륭한 역할모델이 별로 없었다는 뜻이다.

내가 지구상의 아버지들에게 꼭 하고 싶은 말은
자식의 자존감을 절대 무너뜨려선 안 된다는 당부이다.

"자존감은 모든 어린이가 하나의 인간으로 성공하느냐
　실패하느냐를 판가름한다.
　자존감은 사람이 선택하는 친구의 종류, 대인관계,
　어떤 사람과 결혼하는가, 얼마나 생산적인 삶을 사는가,
　지도자가 될 것인가, 추종자가 될 것인가,
　적성과 능력을 얼마나 발휘하는가 등
　생활의 모든 부분에 영향을 미친다."

- Charles Swindoll

"자신이 타고난 가치를 인정하는 것이야말로 인격의 핵심이다.
　이것이 무너지면 모든 것이 흔들린다."

- James Dobson

"학생들의 불안장애, 부진한 사회 적응, 충동적인 과식,
　학업성적 부진, 부정행위, 우울증, 폭력을 비롯한 비행,
　알코올 및 마약 중독 등의 원인이
　낮은 자존감에 있는 것으로 밝혀지고 있다."

- Les Parrott

"당신의 자녀가 높은 자존감을 가지고 있다면,
그는 내적인 자신감과 목적의식과 참여의식,
다른 사람과의 의미 있는 관계, 학교와 직업에서의 성공,
그리고 무엇보다 행복을 누린다."

- Dorothy Briggs

자녀들을 자존감 있는 아이로 키우는 것이
부모가 자녀에게 해줄 수 있는 가장 멋지고 귀한 선물이다.
청소년들이 부모에게 가장 하고 싶은 말은
"제발 제 말을 들어주세요"라는 말이고
부모들은 그들의 감정에 연결되어서
"그래 네 말을 알겠어"라고 말해주는 것이다.
아이들의 가슴에 외로움을 심어주는 부모는 절대 되지 말아야겠다.
좋은 부모는, 아이에게 훌륭한 멘토가 되는 부모다.

모모에가 존경하는 교수님이 한 분 있다.
교수님은 원래 대학에서 성악을 공부했다.
졸업 후 국제선 비행기 승무원으로 일하시다가,
기독교 방송국에서 찬양 사역을 하셨다.

주변에서 조건 좋은 남자와 결혼하라고 권유하였지만
자신은 배우자에 대한 다섯 가지 기도 제목을 놓고
하나님께 항상 기도하셨다고 한다.

"내가 결혼하는 것이 하나님의 뜻이라면

이런 사람을 만나게 해 주소서……

첫째, 나와 인생의 목적이 같은 사람.

즉, 하나님의 영광을 위해 사는 것이 목적인 사람.

둘째, 돕는 배필로서 나와 힘을 합해

효과적으로 하나님을 섬길 수 있는 전임 목회자.

셋째, 나의 찬양 사역을 전적으로 이해하고 지원해줄 수 있는 사람.

넷째, 교회에서뿐 아니라 아내와 자녀들에게도

영적인 지도자가 될 수 있는, 존경 받을만 한 사람.

다섯째, 양가 부모님 모두가 찬성하고 축복하는 사람."

교수님은 단 한번 데이트도 해보지 않고 손 한번 잡아보지 않은
미국인 선교사와 결혼하셨다.
그 선교사는 한국에 있을 때 교수님을 보고 첫눈에 반했으나
고백하지 못하고
3년 동안 하나님께 기도드렸다고 한다.
그러다 미국에 유학 온 교수님을 우연히 만난 것이다.

나는 결혼을 준비하는 젊은이들에게

하나님의 눈으로 배우자를 고르라고 꼭 얘기하고 싶다.

선교사님은 교수님께 결혼 전 이런 말을 했다고 한다.

　"요즘의 결혼은, '우리 사랑하니까 결혼하자' 하고 결혼해서 살다가

　식으면 사랑하지 않는다는 이유로 헤어지는 거지요.

　그러나 성경은 사랑하니까 결혼하고

　사랑하는 마음이 식으면 헤어지라고 말하는 것이 아니라,

　결혼한 아내를 사랑하라고 했어요.

　또 크리스천의 결혼에는

　사랑보다 더 큰 목적이 있음을 가르치고 있다고 믿어요.

　서로가 하나님의 영광을 위해 한 목적을 가지고 달려가는 것이

　그리스도인들의 삶의 목적이며 결혼의 목적이라고 믿습니다."

나는 모모에에게 삶의 목적이 무엇이냐고 물어보았다.

그녀는 믿음의 명문가를 만드는 것이

자신의 삶의 목적이라고 말했다.

돈이나 명예, 학식을 좇는 것이 아닌

하나님을 위한 믿음 위에 토대를 둔 가정을 만들고 싶다고 했다.

내 삶의 목적은 단 하나이다.

내 삶이 주님의 기쁨이 되는 것이다.

오늘 낮에 어느 젊은 엄마가

어린 여자아이 한 명을 데리고 카페에 왔다.

엄마는 아이에게 〈호두 까기 인형〉 동화책을 읽어주었다.

작년 크리스마스 이브에 모모에 가족과 함께

발레 공연을 보러 갔던 기억이 떠올랐다.

그 발레단을 이끌고 있는 단장은

'지젤'이라는 별명을 가지고 있는 아름다운 발레리나이다.

그녀를 볼 때마다, 동화 속 공주님같다는 생각을 했다.

발레리나의 몸은 스스로 깎아서 만든다고 할 만큼

고된 훈련과 연습의 산물이다.

그녀가 텔레비전의 낭독 프로그램에 나온 적이 있다.

자신이 좋아하는 책을 가지고 직접 나와

낭독을 하는 프로그램이었다.

그녀의 남편은 결혼식을 얼마 앞두고

어여쁜 신부를 홀로 남겨둔 채 하늘 나라로 떠났다고 한다.

남편에 대한 한없는 그리움으로

평소 동화 속에서나 살 것 같은 그녀의 얼굴에서

한없는 눈물이 떨어졌다.

그날 밤, 그녀의 뒤에 꼬리표처럼 항상 따라다니는

화려한 수식어는 찾을 수 없었다.

사랑하는 연인을 너무나도 간절히 그리워하는

한 송이의 울고 있는 코스모스만이 화면을 채우고 있었다.

〈내 무덤 앞에서〉 작자 미상

　내 무덤 앞에서 눈물짓지 말라

　난 그곳에 없다

　난 잠들지 않는다

　난 수천 개의 바람이다

　난 눈 위에서 반짝이는 보석이다

　난 잘 익은 이삭들 위에서 빛나는 햇빛이다

　난 가을에 내리는 비다

　당신이 아침의 고요 속에 눈 떴을 때

　난 원을 그리며 솟구치는

　새들의 가벼운 비상이다

　난 밤에 빛나는 별들이다

　내 무덤 앞에서 울지 말라

　난 거기에 없다

　난 잠들지 않는다.

오늘 저녁 탱고 교실의 사또가 여자 친구를 데리고 카페에 왔다.

모모에는 그를 볼 때마다 표정이 굳는다.

매번 옆에 있는 여자가 바뀌기 때문이다.

그는 커피를 주문하면서 꼭 나에게 자기 옆 의자에 앉으라고 한다.

그냥 앉아서 이야기만 하면 되는데

말하는 도중에 내 손이나 등을 자꾸 만져서 짜증이 나곤 한다.

그렇다고 여자 친구 옆에서 화를 낼 수도 없고,

오늘도 꾹 참고 있었다.

그는 애정결핍증 환자같다.

그들이 돌아가자, 모모에가 잔뜩 화가 난 표정으로 나에게 왔다.

저런 사람하고 꼭 상대해야 하는 지, 좀 더 단호하게 처신하라고

주의를 주었다.

직장 생활과 탱고 교실을 운영하면서,

너무나 많은 종류의 사람을 만났다.

교만한 사람,

자기보다 약한 사람을 마구 무시하는 사람,

말을 함부로 하는 사람,

자기보다 잘난 사람을 무조건 욕하고 끌어내리는 사람,

사람을 자신의 수단으로만 보는 사람,

지독하게 인색한 사람,

장점보다 단점만을 보는 사람,

거짓말을 밥 먹듯 하며 아첨하는 사람,

말은 천사처럼 하는데

마음 속으로 무슨 생각을 하는 지 도무지 알 수 없는 사람,

오로지 외모에만 집착하는 사람,

다른 사람만 부려먹는 사람,

이상한 사이비 종교에 빠진 사람,

무조건 화부터 내는 사람,

나를 선생이 아닌 여자로 보는 사람…….

물론 나도 완벽한 사람은 아니지만,

너무나 지치고 힘든 기억이 많다.

모모에 말대로, 탱고 교실을 그만두어야 하는 건 아닌지

심각하게 고민 중이다.

탱고 교실에는 정말 좋은 분들도 너무나 많은데……,

아쉬움이 많이 남는다.

여름 휴가를 맞이해 아오모리에 있는 동생 집에 다녀왔다.

핏줄이라고는 유일한 여동생인데, 좋은 남편 만나 잘 살고 있는 것을

보니 아주 흐뭇했다.

연년생으로 두 딸을 낳아 키우느라 정신이 없었다.

가마쿠라에서 고른, 예쁜 별이 달린 헤어 밴드를

조카에게 선물로 주었더니 좋다고 토끼처럼 뛰어다녔다.

가까이 살면 자주 놀아줄 텐데,

일년에 한두 번 밖에 얼굴을 보지 못한다.

이모가 가는 게 아쉬웠는지,

버스 터미널에서 두 꼬마가 눈물을 터뜨렸다.

세상에 둘도 없는 나의 예쁜 조카들이다.

모모에는 가족과 필리핀에 갔다.

그 곳에 태우의 직장 선배님이 선교사로 나가계시다고 했다.

술을 무척이나 좋아했던 태우는

그 선배님을 만나 정말 많이 변했다고 했다.

태우에게 항상 좋은 멘토가 되어주신다고 한다.

모모에는 주변에 어떤 사람을 만나느냐에 따라

인생이 크게 달라질 수 있다면서

항상 내게 좋은 사람들을 만날 것을 강조한다.

모모에는 친절하고 가끔은 엉뚱한 기질이 강하기도 하지만

친구 문제에 있어서 만큼은 무서울 정도로 냉정하다.

언젠가 그녀가 들려준 연극 대사가 기억난다.

　"우리가 세상에 태어날 때 그토록 울부짖는 것은

거대한 바보들의 무대에 서는 것이 너무나도 서글프기 때문이다."

모모에는 필리핀에서 돌아오는 길에 싱가포르에 들른다고 했다.
그 곳에 예쁜 딸을 셋이나 둔 수학선생 친구가 살고 있다고 했다.

오늘은 초등학교 동창회가 있는 날이라
츠쿠바의 마츠시로에 다녀왔다.
초등학교 때 우리 집은 학교 바로 뒤 작은 아파트에 있었다.
돌아가신 엄마는 언젠가 말했다.
따뜻한 봄날 베란다에 빨래를 널러 나왔을 때
학교에서 아이들 노랫소리가 들리면
북해도 고향생각이 난다고.
엄마는 그 노랫소리가 끝날 때까지 가만히 서서
고향의 가족들과 친구들을 그리워했을 것이다.
그 초등학교에서 난 잊을 수 없는 선생님을 한 분 만났다.
6학년 때 담임이셨던 마사코 선생님이다.
선생님을 처음 본 순간, 동화 속의 공주님이 나타난 것만 같았다.
어렸을 때 외국에서 공부하셔서 영어도 무척이나 잘하셨다.
그 때만 해도 난 항상 기운이 없고 어두운 표정이었다.

선생님께서는 어느 날 그런 나에게

우리 반 오락부장을 해보라고 말씀하셨다.

처음에는 어리둥절했지만,

난 선생님께서 시키시는 일을 잘 해보고 싶었다.

열심히 텔레비전을 보고,

재미있는 말이나 코미디언 흉내를 연습해서 애들에게 보여주었다.

그 마사코 선생님 덕분에

지금의 '바퀴 달린 발'이 탄생하게 된 것이다.

선생님께서는 나의 성격을 완벽하게 바꾸어놓으셨다.

활기찬 아이로 학교에서 생활하던 어느 날,

선생님이 다시 날 부르셨다.

교무실에서 선생님은 내 손바닥에 사탕 두 개를 올려놓았다.

나는 그 날 선생님께서 내게 보여주신 그 따뜻한 눈빛을

평생 잊을 수가 없다.

선생님은 여전히 미인이셨다.

조금 있으면 아들이 결혼을 한다고 하셨다.

세월이 정말 빠르다.

오늘은 모모에와 영화, 첼로, 뮤지컬에 대한 이야기를 나누었다.

그녀가 가장 좋아하는 배우는

〈쉘 위 댄스〉에 나오는 '야쿠쇼 코지'이다.

그녀가 탱고를 좋아하게 된 것도 그 영화를 보고 난 이후이다.

모모에는 남자 주인공 스기야마를 보면

꼭 자기를 보고 있는 느낌이 든다고 했다.

아주 모범적이고 꽉 막힌 가장 스기야마가

어느 날 아름다운 여인을 보고 춤에 빠지는 모습이

자기와 좀 닮은 것 같다고 했다.

내가 보기에도 수줍음이 많고 어딘가 꽉 막힌 점은 꼭 닮은 것 같다.

사람은 자기와 닮은 사람을 좋아한다는데, 모모에가 그렇다.

그 영화 때문에 인간 막대기인 태우가 고생이 심하다.

모모에가 첼로를 시작한 동기를 말해줬다.

그녀가 나가노의 시노노이 병원에 직장 동료들과 함께 출장갔을 때

관리과장님이 한 분 계셨는데

무척이나 성실하고 친절하게 안내와 설명을 해주셨다고 한다.

그 과장님과 같이 점심식사를 하게 되었는데

그 분의 취미가

바하의 〈무반주 첼로곡〉을 연주하는 것이었다고 했다.

모모에는 그 때 그 이야기를 듣고

언젠가 자기도 첼로를 꼭 배워야겠다고 생각했다는데

1년 전, 텔레비전에서 요요마가 탱고를 연주하는 모습을 보고

다음날 바로 첼로 학원에 등록했다고 한다.

모모에 말로는 한 5년은 열심히 연습해야

탱고를 연주할 수 있을 것 같다고 하는데……,

나는 지금처럼 연습해서는 5년 안에는 어림도 없을 거라고

한소리 거들어 주었다.

좋아하는 여자 뮤지컬 배우가 한 명 있다.

춤과 노래에 뛰어난 재주가 있고, 끼와 에너지가 넘치는 배우이다.

그 배우는 자기를 너무나 좋아하는 어느 팬과 결혼했다.

난 왠지 그녀가 같은 직업을 가진 배우와 결혼할 것만 같았기에,

좀 의외라는 생각을 했다.

모모에도 그 배우를 좋아한다.

태우와 함께 그녀의 공연을 보고 반했다고 했다.

모모에는 나에게 그녀 남편에 대한 이야기를 해주었다.

그 남편은 연애시절 그녀에 대한 모든 기사를 스크랩한 자료를 모아

선물했다고 한다.

모모에가 정말 감동 받은 부분은

남편이 그녀와 데이트를 할 때면

항상 극장 표를 석장씩 구입했다는 것이다.

그녀가 그 누구의 방해도 없이 영화를 감상할 수 있도록 말이다.

또한 그녀의 예술 세계를 이해하고 적극적으로 도와주고 있다고 한다.

모모에는 여배우보다 그 남편을 더 만나보고 싶다고 했다.

모모에는 극장의 통로 쪽에 앉는 버릇이 있다.

중간에 있으면 답답해서 견딜 수 없다고 한다.

사람들에게 둘러싸여 있는 게 너무나 싫단다.

항상 어딘가 빠져나갈 곳이 있어야 마음이 편하다고 했다.

아마 모모에의 그런 성격 때문에

배우의 남편을 더 마음에 들어 하는 지도 모른다.

누군가를 배려한다는 것은 아름다운 마음이다.

다른 사람의 주목과 사랑을 받는 여배우의 남편으로 사는 것이

생각만큼 쉬운 일은 아닐 것이고

혼자 외로웠던 일도 많았을 거라며 모모에가 웃으며 말했다.

오늘은 하루 종일 비가 내려서인지 통 손님이 없었다.

점심을 먹은 모모에는 의자에 앉아

이어폰으로 열심히 음악을 듣고 있었다.

심심하고 따분한 생각에,

나는 그녀의 이어폰 한 쪽을 내 귀로 가지고 왔다.

쇼팽의 〈빗방울 전주곡〉이었다.

쇼팽은 '조르쥬 상드'라는 연상의 여류 작가와 사랑에 빠졌다.

그녀는 유부녀였다.

폐결핵을 심하게 앓고 있던 쇼팽을 위해

그녀는 스페인의 마주르카로 함께 요양을 떠났다.

그 곳에서 쇼팽이 빗속에 외출한 상드를 기다리며 만든 곡이

〈빗방울 전주곡〉이다.

한번은 모모에가 강아지 앤을 잡고

빙글빙글 돌면서 춤을 춘 적이 있다.

보기에도 이상하고 재미난 풍경이었는데,

그 때 그녀의 이어폰에서 흘러나온 곡은

쇼팽의 〈강아지 왈츠〉였다.

그 곡은 상드의 강아지가 제 꼬리를 물려고 빙글빙글 도는 모습을

보고 만든 곡이라고 한다.

태우가 춤을 워낙 못 춰서

대신 강아지와 춤을 추는 것 같아 웃음이 나왔다.

모모에 말로는 태우의 춤 실력이 조금씩 나아지고 있단다.

언젠가 내 눈앞에서

커다란 인간 막대기가 흔들흔들하는 모습을 볼 수 있을 것 같다.

오늘 저녁 요시아가 카페에 놀러 왔다.

요시아가 카페에 놀러 오면 주로 외할머니 방에서 앤과 놀기 때문에

나와는 이야기할 기회가 별로 없다.

요시아가 장래에 어떤 직업을 가졌으면 좋겠냐고

모모에에게 물어보았다.

요즘 아들의 공부에 열을 올리고 있는 그녀는 의외의 대답을 했다.

그녀는 요시아가 미야자키 하야오같은

만화 영화 감독이 되었으면 좋겠다고 했다.

모모에는 〈마녀 배달부 키키〉라는 작품을 보면

자신의 어린 시절이 떠오른다고 했다.

요시아는 영화를 무척이나 좋아한다.

엄마와는 달리 그림도 곧잘 그린다.

나는 의자에 앉아 코코아를 마시고 있는 요시아에게,

장래 희망이 무엇이냐고 물어보았다.

요시아는 스시집 사장이 되는 게 꿈이라고 씩씩하게 말했다.

요시아는 스시를 무척이나 좋아한다.

가게에 오는 어린이들에게,
자기가 좋아하는 유희왕 카드를
하나씩 나눠주겠다고 했다.
만화 영화를 만드는 스시집 사장······
꽤 멋있을 것 같다.

요시아가 오늘 나에게 자신의 음악 선생님 이야기를 해주었다.
아주 예쁘게 생긴 분인데, 가끔 아주 감동적인 말씀도 들려주신단다.
요시아의 이야기를 듣고,
난 그 음악 선생님이 꽤 멋있는 분이라고 생각했다.
그분은 아이들에게 음악이라는 과목 이외에,
인생을 살아가는 방법에 대해 가르쳐 주고 있었다.
모모에는 오늘 아들에게 〈안네의 일기〉 책과 함께
일기장을 선물해 주었다.

한 소년이 있었다.
그는 조산아로 태어나 인큐베이터에 들어갔으나,
산소 과다 공급으로 실명하게 되었다.
친구들은 가난한 흑인에다 약점투성이인 그를 심하게 놀렸다.

그러던 어느 날, 수업 중인 교실에 쥐가 한 마리 나타나서는
어디론가 숨어버렸다.

선생님은 소년에게 쥐가 어디에 있는 지 찾아볼 수 있겠냐고 물었다.

선생님은 눈이 보이지 않는 사람은
청력이 예민하다는 것을 알고 있었다.

소년은 귀를 기울였다.

쥐 소리는 교실 구석의 벽장에서 새어 나오고 있었다.

소년이 선생님에게 그 사실을 알려 쥐를 잡았다.

수업이 끝나자, 선생님은 소년을 불렀다.

　"넌 우리 반의 어떤 아이도 갖지 못한 능력을 가지고 있어.
　　너의 귀는 특별하단다."

선생님의 따뜻한 말 한 마디가 소년의 인생을 바꾸어 놓았다.

음악을 좋아하는 소년은 여러 악기의 소리를 들으며
그 음을 정확히 연주했다.

그 소년은 바로, 후에 천재적인 음악성으로
팝계 최고의 영향력과 인기를 자랑하게 된 '스티비 원더'이다.

스티비 원더의 노래 〈Isn't She Lovely〉는
그의 딸 아이샤 모리스가 태어난 날을 기념하기 위해 만든 노래이다.

아이샤가 열 여섯 살 되던 해,
스티비 원더는 딸의 모습이 너무나 보고 싶어

수술 성공 확률이 10%미만이라는 수술을 감행한다.
설령 성공 하더라도, 시력을 되찾는 시간이 15분 내외라는
보통 사람이라면 전혀 할 이유가 없는 수술이었다.
그는 딸을 볼 수만 있다면 이 세상을 다 본 것과 마찬가지라며
수술을 받았지만
결국 그렇게 보고 싶어 하던 딸을 볼 수 없었다.

"그녀가 사랑스럽지 않나요
　놀랍지 않나요
　귀엽지 않나요
　갓 태어난 그녀가

　우리의 사랑으로
　그녀같이 귀여운 존재가 태어날 거라고 생각 못했는데
　사랑의 결실
　그녀가 예쁘지 않나요

　예쁘지 않나요
　천사의 최고 작품이지요
　오, 난 너무 행복해요
　우린 하늘의 축복을 받았지요

신께서 한 일이 놀랍지요
우리를 통해 생명을 주셨어요
사랑의 결실
그녀가 예쁘지 않나요

그녀가 사랑스럽지 않나요
인생과 사랑은 좋은 거에요
아이샤는 인생이란 뜻이고
그녀의 이름이에요

론디, 이 아이를 품어준 당신이 아니었다면
이런 일은 없었겠지요
모든 것이 사랑의 결실이에요"

코 끝이 찡해지는 아버지의 사랑이다.
내가 가장 좋아하는 팝송은 스티비 원더의
〈You are the Sunshine of My Life〉이다.

모모에가 심한 감기 몸살에 걸렸다.

나는 그녀가 좋아하는 치즈 케이크를 들고 병문안을 갔다.

방 문을 열었을 때 그녀는

이마에 열을 떨어뜨리는 네모난 파스를 붙이고

깊은 잠에 빠져 있었다.

모모에의 언니는 부엌에서 그녀를 위해

무언가를 열심히 만들고 있었고

태우와 요시아는 아픈 모모에를

걱정스러운 눈으로 쳐다보고 있었다.

앤마저도 모모에의 옆에 바짝 붙어서 주인이 걱정되는지 꼼짝 않고

웅크리고 있었다.

그녀를 보며, 오사카의 병원에 누워있던 내 모습을 떠올렸다.

아무도 오지 않는 병실에서

수시로 손님이 오는 다른 환자들을 부러운 눈으로 쳐다보던

내 모습이 자꾸 눈에 어른거렸다.

모모에가 부럽다고 느낀 적이 별로 없었지만

오늘은 그녀가 가슴 아플 정도로 부럽다.

부모가 없다는 것은 나에겐 너무도 큰 상처였다.

난 누구보다도 열심히 일했고 밝고 긍정적으로 살려고 노력했다.

부모가 없어서 버릇이 없고 행실이 나쁘다는 이야기는

죽기보다도 듣기 싫었다.

남들보다 수십 배를 더 참으며 내 자신을 지켜왔다.

하지만 사회는 생각보다 냉정했다.

카페 엄마가 아니었다면, 난 고등학교도 졸업할 수 없었을 것이고
취직은 꿈도 꾸지 못했을 것이다.

다른 이의 삶에 큰 영향을 주는 힘을 가진 분이

바로 카페 엄마이다.

카페 엄마는 새벽 네 시만 되면 일어나 기도를 하신다.

어느 날 새벽, 화장실에 가다 그녀의 기도를 엿듣게 되었다.

나를 위한 기도를 너무나도 간절히 하고 계셨다.

그날의 기도를 난 평생 잊을 수 없다.

카페 엄마는 원래 지방의 부잣집 딸이었다고 한다.

하지만 가난한 고학생이었던 모모에 아빠를 만나

고생을 무척이나 심하게 하셨다.

모모에 아빠는 머리가 정말 좋은 분이었다고 한다.

학술원에서 주는 큰 상을 받을 정도로

일본에서 유명한 토목 기술자셨다.

영어도 무척이나 잘 하시고, 글도 아주 잘 쓰셨으며

설계 도면도 다들 놀랄 정도로 잘 그리셨단다.

하지만 그분은 정작 돈에는 전혀 관심이 없었다.

성격은 굉장히 강해서 꼭 로마 시대의 군인 같았단다.

모모에를 제외한 다른 가족들은

그 분을 무척이나 어려워하고 힘들어했다.

카페 엄마는 사업만 벌이는 남편 때문에 엄청난 고생을 해야 했다.
지금도 그 시절 생각만 하면 눈물이 나온다고 하신다.
어느 날, 카페 엄마가 병원에 다녀 오신 적이 있다.
그날 저녁 식사를 하는데, 무척이나 친절하게 대해줬다는
나이 많은 의사를 두고 이렇게 말씀하셨다.
  "그 의사 선생님의 부인은 너무 행복할 것 같아.
   아주 자상한 남자와 사니 말이야."

만약에 하나님이
단 한달 만이라도 카페 엄마에게 다른 인생을 허락한다면
아내에게 따뜻한 미소를 보낼 줄 아는 자상한 남편을
카페 엄마에게 선물하고 싶다.

모모에가 건강을 회복하고 카페에 나왔다.
그녀가 없는 카페는 팥 없는 찐빵 같다.
모모에는 사실 은근히 재미있다.
그녀가 없어 입이 근질근질 했는데 다행이다.
나는 무리를 하면 큰일 나니 의자에 앉아있으라고 했다.
모모에와 마주보고 커피를 마시니 기분이 아주 좋았다.

오늘의 대화 주제는 '선물'이었다.

각자 주거나 받았던 선물 중 가장 기억나는 걸 이야기했다.

난 고등학교 졸업식 때 동생에게서 받은 장미 한 송이와

동전 지갑을 이야기했다.

언니의 졸업을 축하하기 위해

어린 동생은 자신의 많지 않은 용돈을 모았다.

내가 국수 가게에서 번 돈으로 준 용돈을 쪼개어 모은 것이다.

그 선물을 받은 순간, 난 동생을 때려주고만 싶었다.

가뜩이나 잘 못 먹이고 못 입혀서 항상 마음이 아팠는데,

그 돈을 또 모아서 내 선물을 사온 동생이 그 때는 너무나 미웠다.

그 동전 지갑을 들고 한참을 울었다.

먼저 가버린 부모님이 너무나 원망스러워 참을 수가 없었다.

지금도 동전 지갑만 보면 내 어린 동생 생각이 난다.

선물에 대한 내 추억이 슬픈 것이라면,

모모에는 신선한 추억을 가지고 있었다.

모모에를 지켜보고 있으면,

영락없는 철부지 아이같다는 생각이 든다.

그녀가 직장을 7년이나 다녔다는 것이 믿기지 않을 정도이다.

그녀의 말에 의하면, 그 직장은 모모에게

너무나 많은 것들을 가르쳐 준 소중한 곳이라고 한다.

책 한 권을 써도 될 만큼 많은 추억이 있는 장소가

바로 그 직장이라고 말했다.

그녀가 신입 사원 교육을 끝내고 일하게 된 곳은 병원이었다.

아주 큰 종합병원이다.

그녀는 처음부터 자기 책상을 가지진 못했다.

햇병아리 같은 그녀에게,

과장님은 자기 의자 바로 옆에 또 하나의 의자를 놓아주었다.

말하자면 과장님과 나란히 합석을 하게 된 셈이다.

그러더니 전화기 한 대를 그녀 앞에 가지고 오셨다.

"모모에, 내일부터 간호사를 뽑는다는 기사가 신문에 나올 거야.

전화가 엄청나게 많이 걸려올 테니 알아서 잘 받아. 알았지?"

그녀는 하루 백 통쯤 되는 전화를 받느라

목이 다 쉬어버릴 정도였다고 했다.

과장님은 항상 모모에가 전화를 잘 받는 지

유심히 지켜보셨다고 한다.

사람들은 과장님을 무척이나 어려워했지만

일 주일 동안 그 분과 합석을 한 모모에는

과장님이 아빠처럼 편안하게 느껴졌다고 했다.

친절하게 전화 받는 법을 무서운 과장님 옆에서 훈련 받았단다.

햇병아리 직원이었던 모모에에게

무척이나 친절한 직원이 한 명 있었단다.

그녀보다 나이가 어린 남자였는데,

그녀 일을 무척이나 잘 도와주었다고 한다.

그 남자와 사귀었냐고 물었더니, 모모에는 절대 아니라고 했다.

오히려 자신의 여자 친구와 문제가 생겼을 때

모모에에게 조언을 구했는데

결국 어느 겨울 날 여자 친구와 심하게 다툰 후 헤어져 버렸단다.

발렌타인데이에 헤어진 여자친구를 그리워하며

쓸쓸하게 앉아있는 그의 뒷모습을 보고

모모에는 병원 지하에 있는 꽃 가게에 내려갔다.

　"저 누구누구에게 꽃 배달을 좀 해주세요.

　　절대로 누가 보냈는지 말하면 안되고

　　그냥 멋지고 예쁜 여자가 주문했다고만 해주세요."

발렌타인데이에 이름 모를 여인에게서 꽃을 선물받은 그 남자는

하루 종일 싱글벙글이었고, 사무실 모두가 그를 부러워했다고 한다.

모모에는 그 남자가

아직도 자기가 그 꽃을 보냈다는 사실을 모르고 있을 거라며 웃었다.

그녀의 선물은 한 다발의 꽃이 아니라, '설레임'이었다.

모모에는 병원에서 많은 사람들을 만났다고 한다.

많은 것을 보면서 자신의 가치관과 인생관이 서서히 바뀌었단다.

어려운 의학 용어와 수많은 약 이름을 외우기 위해

무척이나 열심히 공부했고

직장에 다니는 남자들의 힘든 점이 무엇인지 알게 되었다.

이런 경험은 태우의 직장 생활을 이해하는 데 많은 도움을 주었다.

많은 환자들을 만나면서 그들의 슬픔을 이해할 수 있었다.

병든 가족으로 인해 집안이 풍비박산 나는 것을

어렵지 않게 볼 수 있었다.

그녀는 아주 잠시나마 정신과 쪽 일을 맡았다고 했다.

거기서 만난 환자들은 대부분 사랑에 목마른 사람들이었다고 했다.

보통 정신과 환자가 병원에 입원하면, 환자 본인뿐 아니라

주변의 모든 가족들을 불러 상담을 한다고 한다.

이것을 '가족치료'라고 하는데,

환자가 가진 정신적 질환의 근원이

대부분 근접한 환경적 문제에서 출발하기 때문이다.

그래서 가족들의 성격이나 특징을 샅샅이 파악해

그것을 환자의 치료에 적용한다고 했다.

또한 함께 정신과를 담당한 동료와

알 수 없는 영적 세계에 대한 깊은 토론을 했다고 했다.

심리학이나 정신분석학에 대해 더 공부하고 싶을 정도로

특별한 경험이었단다.

모모에는 기억에 많이 남는 두 아빠에 대한 이야기를 들려주었다.

한 명은 늙은 아빠이고, 다른 한 명은 젊은 아빠이다.

어느 날 회색 트렌치 코트를 입은 한 노인이 과장님을 찾아왔다.

그 노인의 딸은 얼마 전 병원 면접에서 떨어진 40대의 아주머니였다.

그 딸은 아무런 고생 없이 자란 평범한 여인이었다.

그러나 그녀는 남편과의 불화로 이혼을 했다.

이혼 후 어두운 방에 자신을 가두고 살아온 딸에게

직장은 새로운 돌파구였다.

딸이 면접에서 떨어진 것을 안 아빠는

선물을 사 들고 병원을 찾았다.

　"제발 불쌍한 우리 딸을 살려주세요, 과장님."

결국 그 아빠는 자신의 목적을 이루지 못하고 쓸쓸히 돌아갔다.

그가 돌아간 후,

모모에는 수많은 이력서 중에 그녀의 사진을 발견했다.

사진 속에는 예쁘게 생긴 한 여자가 미소짓고 있었다.

모모에가 사무실에서 열심히 일을 하고 있을 때

한 키 작은 아빠가 부인과 아이들을 데리고 들어왔다.

한참을 과장님과 이야기 나누더니 사무실 밖으로 나갔다.

다른 부서에 볼일이 있었던 모모에는 그와 동시에 사무실을 나섰다.

그녀 옆을 그 아빠가 양손에 어린 아이들 손을 꼭 붙잡고 지나갔다.

그날 오후 과장님은 그녀에게 그 아빠에 대한 말씀을 해줬다.

　"아까 그 남자, 간암 환자야.

약값이 너무 많이 나와서 보험처리를 해달라고 부탁하는데
워낙 비싼 약이라 도와줄 수가 있어야지. 참 안쓰러워.
아이들도 어리고 부인도 몸이 약해 보이던데…….”

모모에는 지금도 아이들 손을 잡고 가는 그 아빠의 얼굴이
희미하게 아른거린다고 말했다.

모모에는 그녀의 대학 시절 이야기를 좀처럼 나에게 하지 않는다.
이유를 물었더니,
불량 학생이었기 때문에 별로 해 줄 얘기가 없단다.
모모에는 불어가 자신과 텔레파시가 통하지 않는 학문이라며
자신은 사학과에 가고 싶었다고 말했다.
하지만 불어로 공부한 문학 책들은
자신에게 좋은 경험이었다고도 했다.
모모에는 기억력이 꽤 좋은 편이다.
한번 본 역사 드라마 주인공의 대사나 표정도
아주 자세하게 기억한다.
카페 엄마도 드라마를 무척이나 좋아하는데
가끔 슬픈 장면이 나오면 눈물, 콧물을 흘리며 보신다.

모모에는 대학 시절 들었던 강의 중에서

예술학 개론이 가장 재미 있었다고 말했다.

그 수업은 단 한번도 결석하지 않았고,

학점도 무척이나 잘 나왔다고 했다.

멋있게 생긴 여자 교수님의 강의를 들으며

자기도 강단에 서서 학생들을 가르치고 싶다는 생각을 했을 정도로

텔레파시가 너무 잘 통하는 과목이었다고 했다.

모모에의 학교는 예술학부가 무척이나 유명했다고 한다.

어느 날 모모에가 커피 자판기 앞에서 줄을 서서 기다리고 있는데

자기 앞 자리에 서 있던 남자가 갑자기 고개를 돌렸단다.

남자는 유명한 코미디언이었는데

늦게 대학에 들어왔지만

무척이나 공부를 열심히 하고 외국어에 관심이 많아

모모에가 공부하던 건물에서 자주 마주쳤다고 했다.

그녀는 지금은 유명 스타가 된 사람들을

학교에서 자주 마주쳤다고 했다.

누가 제일 예뻤냐고 내가 물어보니,

배우는 여러 얼굴을 가지고 있는 사람들이라

머리모양, 의상, 화장에 따라 매번 이미지가 달라져 잘 모르겠단다.

모모에가 6년 전에 살던 아파트에도

유명한 여배우 두 명이 살고 있었다.

가끔 그녀들과 엘리베이터를 함께 탄 이야기를 해주었다.

지금 요시아의 친구 아빠 한 명은 유명한 배우이다.

요시아의 책상 앞 벽에는 그가 해준 싸인이 붙어있다.

요시아는 자기 친구의 아빠가 배우라는 사실을

매우 자랑스럽게 생각한다.

모모에는 중학교 때 한 연극배우를 무척이나 좋아했다고 한다.

어느 연극에서 그 남자 배우의 상대역 이름이 세실리아였는데

모모에는 자기 이름을 세실리아로 바꾸고 싶을 만큼

그를 좋아했던 팬이었다고 했다.

그 배우는 우리 시대의 청춘 스타였다.

모모에는 그가 주인공으로 출연한 연극 〈에쿠우스〉를

무척이나 보고 싶었는데

결국엔 보지 못했다고 했다.

그 연극 배우는 어느 날 자신의 모든 인기와 명예를 내려놓고,

공부를 하기 위해 뉴욕으로 떠났다.

모모에도 그 배우도 흰 머리가 생기는 것을 보면

세월이 참 빠르다는 생각이 든다.

모모에와 같은 강의실에서 공부했다는 한 남학생은

최고의 라디오 DJ가 되었다.

팝 칼럼니스트로 명성을 날리고 있는 그 DJ에 대한 모모에의 기억은

입학식 때 학생들 앞에서

마이크를 붙잡고 열창하던 모습이라고 했다.
둘 다 불어 공부에는 큰 뜻이 없는 학생들이었기 때문에
자주 마주치진 않았다고 한다.
동창회에는 왜 가지 않느냐고 물었더니
그저 추억으로만 간직하고 싶다며 웃으며 말했다.

나는 우리 메구미 교회의 목사님을 무척이나 존경한다.
목사님은 주로 가정 사역을 하시는데
가정의 화목이 인생을 살아가는 가장 중요한 덕목이라고
매번 강조하신다.
목사님은 얼마 전 자신을 한 마리의 벌레로 변신시킨 작가
카프카에 대한 설교를 해주셨다.
그는 체코의 법학 박사이며 소설가였다.
그의 아버지 헤르만은 자수성가한 독선적인 상인이었다.
그는 아들에게 항상 "나는 그 어려운 환경에서도 이 만큼 해냈는데
부족한 것 없는 넌 왜 이렇게 밖에 못하느냐"며
심하게 몰아붙였다고 한다.
그는 아버지로부터 받은 무시와 질타로 인해
항상 수치심에 시달려야 했다.

그의 작품은 아버지로부터 받은 정신적 트라우마를 치유하기 위한
일종의 자전적 고백서였다.

그는 너무나도 자신을 힘들게 했으며

오르지 못할 높은 성과 같았던 아버지에게 편지를 썼다.

그러나 그 편지는 그가 죽을 때까지

그의 아버지에게 전달되지 못했다.

만일 그의 아버지가 그의 재능을 인정하고 인격을 존중해 주었다면
〈변신〉과 같은 작품은 탄생하지 못했을 지도 모른다.

한 사람이 가지고 있는 내면의 깊은 상처가

위대하고 슬픈 작품을 만들어낸 것이다.

난 주변에서 아버지로부터 상처받은 많은 사람들을 보아왔다.

어린 시절 읽었던 동화 〈성냥팔이 소녀〉에서

소녀는 비록 가난했지만

돌아갈 집과 아버지가 있었다.

그러나 그녀는 돌아가지 않았다.

그 곳에는 자신의 어린 딸이 추운 겨울에

거리에 나가 성냥을 팔아 오는 돈으로

오로지 술 마실 생각만 하고 있는

아버지만이 기다리고 있었기 때문이다.

소녀는 눈 오는 크리스마스 날 어느 화목한 집 앞에서

성냥을 하나씩 켜가며 하늘 나라로 갔다.

가끔 교회 상담실에 새 엄마나 새 아빠랑 사는 아이들이

상담을 청해오곤 한다.

그 아이들이 받았을 상처에 대해 누구보다도 내가 잘 알기에

깊은 이야기를 나눈다.

소설 속에서 보면 항상 계부나 계모는

나쁜 사람으로만 그려지는데, 난 그 점이 못마땅하다.

아이들의 행동을 보면

나조차 화가 나서 도저히 참을 수 없는 경우가 많다.

그저 나의 마음에 사랑이 있다면 타일러서 용서할 수 있는 것이고

사랑이 없다면 무섭게 폭발하는 것이다.

나는 오히려 친부모가

계부나 계모보다 더 무섭게 아이들을 학대하는 것을 많이 보았다.

문제의 이유에 대해 관점을 정확히 하여 구분해야

비극을 줄일 수 있을 것이다.

친모, 계모의 차이가 아니라

사랑이 있느냐 없느냐의 차이가 더 중요하다.

나도 아이가 있는 남자와 결혼하게 되면 누군가의 계모가 될 것이다.

가끔씩 교회에 오시는 훌륭한 강사님들로부터

혼자 듣기에는 너무 아까운 보석같은 이야기를 많이 듣는다.

그들의 삶을 통해, 다시 한번 내 삶에 대한 성찰을 하게 된다.

내가 메구미 교회에 초청하고 싶은 여자 코미디언이 한 명 있다.

몇 년 전 어느 작은 국수집에서 우연히 내 옆에 앉은 그녀를 보았다.

그 얼굴을 가까이서 보니, 나와 무척이나 닮았다는 생각이 들었다.

겉으로는 씩씩하지만

건드리면 금방이라도 터질 것 같은 슬픈 기억들이 마음 속에

너무나 많아 보이는 얼굴이었다.

그녀도 어릴 때 나처럼 엄마를 도와 시장에 나가 일을 했다고 한다.

나와 닮은 그녀의 인생 이야기를 메구미 교회에서 듣고 싶다.

나에게는 너무나 많은 단점이 있다.

그러나 많은 분들의 말씀을 듣다 보면

내 그 단점들이 조금씩 치유되고 있음을 느낀다.

매번 주옥 같은 설교를 해 주시는 우리 목사님에게

내가 지은 별명이 있다.

　'네 잎 클로버'

나폴레옹의 목숨을 살려줬다는 네 잎 클로버처럼

목사님의 말씀은 우리의 죽은 영혼을 살리는,

'시들지 않는 네 잎 클로버'이다.

오늘 아침 모모에가 조그마한 사진을 액자에 넣고 있었다.

궁금해서 물었더니 시아버지 사진이라고 했다.

모모에의 시아버지는 작년에 돌아가셨다.

그녀는 시아버지의 사랑을 유난히 많이 받았던 며느리였다.

한국에 갈 때마다 골목길에 나와

자기를 한없이 기다리고 있던 시아버지의 모습이

지금도 눈 앞에 선하다고 했다.

얼마 전 요시아가 자기 공책에

할아버지에 대한 글을 써놓은 것을 보았다.

　"돌아가신 우리 할아버지는 북한이 고향이십니다.

　한국전쟁 중 집안의 외아들이라는 이유로

　배를 타고 남쪽으로 피난을 가셨습니다.

　이산 가족이 되신 후 평생을 가족을 그리워하며 지내다

　작년에 세상을 떠나셨습니다.

　남쪽에서 불과 한 시간밖에 떨어지지 않은 곳에 고향을 두고

　어린 나이에 혼자 내려오셔서 이 집 저 집을 전전하셨습니다.

　아픈 몸 때문에 차에서 내리지도 못한 채

　어머니와 마지막 이별을 고했던

　북쪽 바닷가를 차창 밖으로 내다보시며

　소리 없는 눈물을 하염없이 흘리시던 할아버지.

　병원에 계신 할아버지를 뵈며 생각했습니다.

　단 한번만이라도 할아버지가 어린 시절 뛰놀던

그리운 집과 학교에 가실 수 있다면
얼마나 좋아하실까.
그리운 친구들과 누나들을 만나
그 동안 못다 한 이야기를 나누면 얼마나 기뻐하실까.
할아버지가 돌아가신 그 날, 구슬픈 비가 끊임없이 내렸습니다.
아마도 하늘나라에서 그리운 어머니를 만나
'왜 나만 홀로 떠나 보냈냐'고
떼쓰시며 엉엉 우셔서 그랬나 봅니다.
엄마 찾은 아이로 변하신 우리 할아버지의 눈물은
혼자 떠나 보낸 아들 생각에 가슴이 까맣게 타버린
엄마의 눈물과 하나되어
우리 남은 가족들의 뺨을 굵은 빗줄기로 적시고 또 적셨습니다.
하늘에서는 할아버지와 엄마가
영영 이별하지 않았으면 좋겠습니다."

내일은 요시아의 합창 대회가 있는 날이다.
모모에는 요즘 아이들의 의상 준비, 노래 연습 때문에 아주 바쁘다.
내가 가장 무서워하는 모모에의 모습은, 바로
아들 요시아를 혼낼 때이다.

하지만 노래 부르는 아들의 모습을 쳐다보는 모모에의 눈은
천사처럼 한없이 사랑스럽고 맑다.

이번 합창 대회에 나갈 곡명은
영화 〈사운드 오브 뮤직〉에 나온 〈에델바이스〉와
요들 송 〈외로운 양치기〉이다.

'알프스의 별'이라는 별칭이 있는 에델바이스는
아주 추운 겨울에 피어나는 꽃이다.

이 꽃은 아주 슬픈 전설을 가지고 있다.
아주 먼 옛날, 어느 신이 버릇없는 천사를 높은 알프스 꼭대기
얼음 집에 버려두었다.

그 천사의 이름은 '에델바이스'였다.
에델바이스는 천사였기 때문에 불행과 슬픔, 괴로움을 몰랐고,
지루함도 느끼지 못했다.

어느 날 한 등산가가 처음으로 알프스 정상에 닿았는데
그 꼭대기에서 에델바이스를 보게 되었고, 세상에 내려와
알프스 꼭대기에 아름다운 소녀가 살고 있다고 사람들에게 말했다.

그 말을 듣고 많은 사람들이 에델바이스를 만나러 알프스로 향했다.
하지만 알프스는 매우 험난한 곳이었다.
대부분의 사내들이 여행 도중에 죽고 말았다.

에델바이스는 많은 사람들이 자신 때문에 죽는다는 것을 알고
신에게 용서를 빌어 다시 하늘로 올라갔다.

모모에가 하루 종일 요들 송을 불러대는 통에 나까지 전염돼서
'요르레이 요르레이 요르레이디'만 중얼중얼 입에서 흘러나온다.

오늘 교회 상담실에 들어가니
여자 세 명이 나를 기다리고 있었다.
상담실은 남자 집사님 한 분과 나, 이렇게 두 명이 맡고 있는데
우린 가끔 상담이 끝난 후 언쟁을 벌인다.
나는 주로 여자 편이고, 집사님은 남자 편이다.
상담자의 역할은 중심을 잘 잡고
어느 한 쪽으로 치우치지 말아야 하는데
나는 가끔 이 사실을 잊어버리고 목소리를 높인다.
오늘의 상담사례들이다.

A.
　　무척 순하고 착하게 생긴 대학 1학년 여학생이다.
　　그녀의 고민은 자신의 부모님이
　　의대에 다니는 언니만 자랑스럽게 생각하고
　　자신을 자꾸 언니와 비교한다는 것이다.
　　언니와 부모님이 즐겁게 이야기를 나누고 있는 모습을 보면

자신이 이 가족에서 이방인처럼 느껴진다고 했다.

심지어 언니와 부모를 죽이는 꿈까지 꾸었다고 한다.

그의 부모는 어리고 착한 딸을

〈지킬 박사와 하이드〉에서의

'하이드'처럼 만들어버렸다.

B.

학교 폭력에 시달렸던 여자 아이였다.

자기 반에서 가장 힘 세고 거친 여자아이가

그녀의 교실 뒷자리에 앉아 있었다고 했다.

시험을 보던 중 힘 센 아이가 이 아이의 등을 쿡 쿡 찌르며

정답을 보여달라고 했는데 그녀는 거부했다.

다음 날, 반에서 분실 사고가 일어나 교실이 발칵 뒤집어졌다.

그녀가 자신의 가방을 열어보니

누구 것인지 모르는 지갑 하나가 들어있었다.

결국 그녀는 지갑을 훔쳤다는 누명을 뒤집어 쓰고

망신을 당해야 했다.

누구 짓인지 짐작은 충분히 갔지만,

증명할 수 없어 아무 말 못하고 당할 수밖에 없었다는 것이다.

결국 그녀는 그 무서운 아이와 한 교실에 있다는 스트레스를

견디다 못해 전학을 갔다.

집에서 먼 학교로 가게 됐고

그 무서운 아이를 만나지 않아도 되게 됐지만

그 상처는 지워지지 않고 자꾸만 떠오른다고 한다.

C.

남편과 이혼을 앞두고 있는 할머니였다.

이 할머니는 평생 할아버지의 폭력에 시달렸다.

할아버지는 할머니의 심상치 않은 움직임을 눈치 채고

자신의 정부와 짜고 재산을 조금씩 빼돌리기 시작했다.

할머니는 위자료고 뭐고 다 필요 없으니

하루빨리 그 악마의 소굴에서 빠져 나오고만 싶다고 했다.

이 할머니를 보니

얼마 전 우리 상담실을 찾은 50대 아저씨 한 분이 생각났다.

부인이 강제로 자신을 정신병원에 입원시켰다고 했다.

부인은 자신을 정신병자로 몰아

유리한 조건의 이혼을 감행할 작정이었다고 했다.

대부분 상담을 하다 보면 나이대별로 고민하는 부분이

상당히 비슷하다는 것을 알 수 있다.

청소년은 학업, 교우관계, 학교 폭력,

부모와의 갈등에서 오는 애정 결핍이 주를 이룬다.

난 청소년 상담에 더 보람을 느끼는 편이다.

간혹 무서운 아이들도 있지만

내가 주는 관심과 애정을 스펀지처럼 흡수하는 아이들을 볼 때마다

모두 내가 키우는 자식과 같은 느낌이 든다.

자신의 상처에서 벗어나 회복되어가는 아이들을 보면

세상에서 느낄 수 없는 감동과 행복을 느낀다.

하나님께서는 나에게 남편은 주지 않으셨지만

상처받은 많은 어린 영혼들에게

위로가 될 수 있는 기회를 허락하셨다.

얼마 전에 존경하는 선생님 한 분이

20년 넘은 경험을 바탕으로 책을 내셨다.

선생님은 법원에서 부부들의 이혼을 조정하여

유리처럼 깨어진 가정을 회복시키는, 솔로몬과 같은 분이다.

선생님과 상담을 한 많은 부부들이 법원에서 가정으로 되돌아갔다.

하지만 내 관심은 깨어진 부부에게 있지 않다.

부부는 헤어져 각자 자신의 삶을 꿋꿋이 살아간다면
개인적으로나 사회적으로 크게 문제될 것이 없다.
그러나 남은 아이들의 인생은 절대 그렇지 못하다.
문제 있는 가정에서 자란 아이들은 분명히 큰 상처를 간직하게 된다.
그 아이들이 성장해서 정상적으로 살아간다는 것은
정말 힘든 일일 것이다.
이혼을 앞둔 부부라면, 이 점을 명심하라고 말하고 싶다.
가족이 밥 아닌 죽으로 끼니를 해결하더라도
아이들은 따뜻한 부모의 눈빛 속에서 살아야
나중에 커서 역시 따뜻한 부모가 될 수 있다.
나에게 상처를 주는 사람의 뒤에는
그 사람에게 상처를 준 또 다른 사람이 숨어있다.
내가 받은 상처는 또 누군가에게 전염병처럼 퍼져나간다.
상담을 하면 할 수록 이런 생각은 점점 더 깊어진다.

오늘 저녁 동네 비디오 가게에서
영화 〈시스터 액트〉를 빌려 보았다.
삼류 가수였던 우피 골드버그는
우연히 범죄 현장을 목격하고 추적을 당하게 된다.

그녀가 샌프란시스코의 한 수녀원으로 몸을 숨기면서

이런 저런 사건이 벌어진다.

난 영화 속 우피 골드버그를 보며

내 성격과 너무 닮은 꼴을 보는 듯 해 한참을 웃었다.

내가 모모에와 친한 이유도 가끔씩 서로에게서

예상치 못한 유머러스 함이 보여서이다.

영화에 나오는 샌프란시스코의 모습을 보며

그곳에 있는 야마다를 떠올렸다.

야마다는 다리가 불편한데,

혹시 저렇게 높은 언덕에 집이 있는 건 아닐까 하는 생각이 들었다.

물론 미국 사람들은 대부분 자가용을 가지고 생활하니

큰 어려움은 없을 것이다.

낮에 모모에는 만화책을 손에 들고 있었다.

〈식령〉이라는 제목인데, 무척이나 인기 있는 만화이고

영화로도 만들어졌다고 한다.

모모에는 그 영화의 음악이 아주 인상적이었다고 했다.

하지만 어린 아이들에게 추천하고 싶진 않단다.

우리는 서로를 '우피'와 '카쿠라'로 부르기로 했다.

물론 주위에 다른 사람들이 없을 때 만이다.

요즘 책을 쓰기 시작했다.

몇 년이 걸릴 지 모르지만,

내가 본 이 세상의 상처들을 사람들에게 알려서

얼어붙은 마음들을 녹이고 치유하고 싶기 때문이다.

이런 나를 두고 사람들은 '슈퍼우먼'이라고 한다.

난 '요시모토 바나나'라는 작가를 좋아한다.

그녀의 작품은 치유의 작품이다.

그런데 문제가 생겼다.

난 한번도 글을 써본 경험이 없다.

학교에 다닐 때도 글을 써서 상을 받은 적은 중학교 때 딱 한 번이다.

그런 내가 막상 글을 쓰려고 하니

생각대로 표현이 안돼 답답한 때가 한두 번이 아니다.

오후에 잠깐 카페에 온 요시아에게 나의 이런 고민을 이야기했다.

요시아는 아주 편안하게 말했다.

  "안네 프랑크도 자기 생각을 일기로 적었잖아요.

   너무 고민하지 마세요."

어린 녀석의 한 마디가 내 고민을 한 순간에 날려주었다.

그래, 일기를 쓰자.

일기는 초등학생도 쓸 수 있는 것이니까.

오늘은 엄마가 하늘나라로 간 날이다.
엄마와 아빠는 북해도의 작은 성당에서 만났고,
그 곳에서 결혼식을 올렸다.
아빠는 엄마를 무척이나 아끼고 사랑했다고 한다.
비록 가난했지만, 아주 행복했던 부부였던 것 같다.
아빠는 나를 항상 업고 다니셨다.
지금도 내 손에 끼워져 있는 아빠가 주신 십자가 반지는
내 수호신과도 같은 보물이다.
어린 시절 나는 시골 성당에서 천사들의 합창을 들으며
결혼식을 올리는 상상을 했다.
우리 부모님처럼…….
남에게 보이기 위한
시끄러운 행사처럼 변해버린 결혼식장에 갈 때마다
왠지 우리 부모님같은 순수함이 사라진 것 같아 마음이 불편하다.
엄마가 돌아가신 후,
매일처럼 머릿속에 '난 언제 죽을까?' 하는 생각만 꽉 차 있었다.
그 때 읽은 소설이 카뮈의 〈이방인〉이었다.

세상의 온갖 부조리가 너무 싫었고,

아무 죄의식도 느껴지지 않는 시기였다.

나의 뇌는 거의 정지 상태나 다름 없었다.

나는 나 스스로를 죽이고

인간이 세운 심판대가 아닌 하나님 앞에 마주했다.

하나님께서는 나에게 수많은 질문을 던지셨다.

"누가 널 때리니?"

"아니요."

"누가 널 괴롭히니?"

"아니요."

"누가 널 협박하니?"

"아니요."

"몸이 아프니?"

"아니요. 단, 마음이 너무 아파요."

"네가 떠난 후 동생이 겪을 고통에 대해 깊이 생각해봤니?"

"아니요."

하나님은 일주일의 시간을 줄 테니

다시 생각하고 찾아오라고 하셨다.

그러나 일주일 후 난 국수가게에서 열심히 일하고 있었다.

동생을 위해, 나를 위해 땀을 흘리며 일하는 내 모습을 하나님께서 흐뭇하게 지켜보고 계시다는 것을 느낄 수 있었다.
아프리카의 흑인 꼬마가 사과를 입으로 쪼개어
아기 동생에게 먹이는 사진이 있었다.
그 사진을 보고 난 정신을 차릴 수 있었다.

오늘 요시아가 카페에서 아주 감동적인 이야기를 들려주었다.
가끔 이 어린 녀석이 내게 큰 스승처럼 느껴질 때가 있다.

〈10센트의 도움〉
　미국의 어느 시골학교 여교사인 마르다 베리가
　'자동차의 왕' 헨리 포드에게 도움을 청하는 편지를 보냈다.
　아이들을 위해 피아노를 구입하는데
　천 달러가 필요하다는 편지였다.
　얼마 뒤 포드에게서 답장이 왔는데,
　그 속에는 10센트만 들어 있었다.
　헨리 포드와 같은 부자가 고작 10센트를 보냈다는 사실에
　실망하지 않고, 베리 선생은 가게로 가서
　그 10센트로 땅콩을 샀다.
　그리고 그 땅콩을 학교 텃밭에 심어 정성을 다해 키웠다.

몇 달 뒤, 첫 번 째 수확을 하게 된 그녀는

포드에게 감사의 편지를 보내며,

얼마 되지 않는 금액이었지만

땅콩을 판 이익금의 일부도 함께 보냈다.

그렇게 베리 선생은

해마다 포드에게 수익금의 일부를 넣은 감사의 편지를 보냈고,

나머지 수익금으로는 다시 땅콩을 사서 땅콩 농장을 키워나갔다.

5년 뒤, 선생은 포드에게

드디어 피아노를 살 수 있게 되었다는 내용의 편지를 보냈다.

그런데 얼마 지나지 않아 포드로부터

만 달러가 동봉된 편지가 도착했다.

"지금까지 도움을 청하는 수 많은 사람들을 보았지만,

  도움의 가치를 진정으로 아시는 분은 당신뿐이었습니다.

  당신은 내가 만난 최고의 사람입니다."

도움이란 스스로 일어서고자 하는 사람을

옆에서 부축해 주는 것이다.

난 요시아가 나에게 전해준 감동에 대한 보답으로

최근에 내가 읽은 폴 마이어 Paul J. Meyer의

〈용서의 심리학〉이란 책에 나오는 이야기를 해주었다.

〈위대한 우정〉

　스페인의 카탈루냐 사람들과 마드리드 사람들은

　서로 대립 관계에 있어, 지역 감정이 아주 심하다.

　테너 플라시도 도밍고는 마드리드 출신이고,

　역시 테너인 호세 카레라스는 카탈루냐 출신이다.

　이 두 사람은 아주 높은 라이벌 의식을 가지고 있었으며,

　세계 어느 곳에서 공연 초청이 있더라도

　두 사람이 같은 무대에 서지 않는 조건으로 계약서에 서명했다.

　1987년 호세 카레라스는 백혈병에 걸렸으며,

　골수 이식과 치료에 많은 돈을 쏟아부어야 했다.

　그때 그는 마드리드에 있는 백혈병 환자 지원기구인

　'헤르모사 재단'에 신청서를 보냈고,

　재단의 도움으로 건강을 회복했다.

　그 후 그는, 그 재단의 설립자이자 이사장이

　다름 아닌 플라시도 도밍고였다는 사실을 우연히 알게 됐다.

　플라시도 도밍고는 카레라스에게 경쟁자의 도움을 받는다는

　수치심을 느끼지 않도록 익명을 고수해왔던 것이다.

　이에 감동한 카레라스는 플라시도 도밍고의 공연장을 찾아

　그를 놀라게 했다.

　카레라스가 공연 도중 무대에 올라가서

　도밍고의 발 앞에 겸손히 무릎을 꿇고

공개적으로 감사의 말을 건넨 뒤에 용서를 구한 것이다.

도밍고는 그를 일으켜 세우며 힘껏 포옹했다.

위대한 우정이 싹트는 순간이었다.

한 기자가 플라시도 도밍고와의 인터뷰에서,

유일한 경쟁자를 구하기 위해 재단을 설립한 이유를 물었다.

그는 "세계가 그런 목소리의 주인공을 잃는다는 것이

애석했을 뿐이오"라고 간단하게 대답했다.

점심 무렵, 일곱 명의 아줌마 손님이 카페에 들어왔다.

어찌나 시끄럽게 큰 소리로 이야기하는지,

카페가 다 흔들리는 것 같았다.

게다가 대화 내용의 절반이 다른 사람의 험담이었다.

난 그들이 무서웠다.

너무나 개인적이고 시시콜콜한 내용의 험담을 하면서

남의 집 가정사를 역사책처럼 펼쳐내고 있었다.

그 중 한 사람이 화장실에 가려 자리를 비웠다.

그들은 화장실에 간 그 아줌마의 험담을 늘어놓기 시작했다.

그러면서 그들은 도대체 왜 어울려서 커피를 마시러 다니는 걸까.

저들은 친구일까? 아니면 수다를 같이 떨 파트너들?

단순히 정보를 교환하기 위한 목적을 가진 사람들?

나도 모모에와 수다를 떨면서 스트레스를 풀기도 한다.

여자에게 수다란 만병 통치의 역할을 한다는 걸 나도 많이 느낀다.

카페에서 지켜본 남자 손님들도 예외는 아니다.

정말 별별 얘기를 다 한다.

듣고 싶지 않아도, 내 귀에까지 들리게 말하는 걸 막을 순 없다.

모모에는 그녀들이 카페를 나선 뒤 나에게 이런 말을 했다.

　"저 사람들, 꼭 '험담 패밀리'같아."

오늘 탱고 교실을 그만 두었다.

아니, 탱고 교실이 아예 문을 닫았다.

많은 분들이 너무나 섭섭해 했다.

나 또한 정들었던 공간과 사람들을 막상 떠나려니

마음 한 구석이 허전했다.

어차피 카페 일, 교회 일과 겹쳐 부담이 되기 시작해

올해까지만 할 생각이 있긴 했다.

생각보다 먼저 그만 두게 된 건

탱고 교실의 한 젊은 남자와 아줌마가 눈이 맞았기 때문이다.

신춘 문예에 당선된 어느 한 신인 작가는 이런 말을 했다.

"세상에는 두 종류의 사람이 있다.

　청소기를 사용해도 좋은 사람과

　청소기로 싹 쓸어버려야 하는 사람들."

자세하고 깊은 얘기는 하고 싶지도 않다. 다만

순수한 동기를 가지지 못한 두 사람 때문에

다수의 피해자가 생기는 경우를 또 경험하게 된 것이다.

가끔 보게 되는 이런 사람들 때문에

난 자꾸만 나만의 깊은 동굴로 들어가고 싶게 된다.

그 젊은 남자를 통해

사람을 외모로만 판단하지 말아야 한다고 굳은 결심을 했다.

저녁 때 요시아가 카페에서 알퐁스 도데의 〈별〉을 읽고 있었다.

우리는 서로의 별자리와 요시아의 여자 친구,

그리고 알퐁스 도데의 단편 소설 〈황금 머리를 가진 사나이〉에 대한

이야기를 나누었다.

난 이 세상의 모든 어른들에게

이 슬픈 소설을 꼭 읽어보라고 추천하고 싶다.

40년 동안 세상을 살면서

자신을 충전하지 못하고

허겁지겁 쫓기기만 하는 인생들을 많이 보아왔다.

목적이 무엇인지도 모른 채 오로지 하루하루 연명하기 위해

자신을 불꽃처럼 태워가며 살 수밖에 없는 많은 사람들이 있다.

물론 그 삶 속에도 많은 가치들이 포함되어 있을 것이다.

그러나 바보들이 득실대는 인간들의 무대는,

무엇이 삶에 있어서 가장 중요한 지 모르고

무가치하거나 상대적으로 크게 중요하지 않은 것들에 대해

목숨 걸고 사는

어리석은 자들이 너무나 많다.

자기가 죽는 것도 모른 채 남을 만족시키기 위해,

나의 방탕함을 위해,

다른 사람의 이용 대상이 되기 위해 살고 있는

주변 사람들이 있다면

〈황금 머리를 가진 사나이〉는 좋은 선물이 될 것이다.

오늘 앤이 동물병원에서 예쁘게 단장을 하고 왔다.

사람이나 강아지나 마찬가지로 꾸며야

인물 값을 하는 것 같다.

모모에도 화장 전과 화장 후가 심하게 차이가 난다.

물론 나 역시 마찬가지이다.

요즘은 거울 보기가 두렵다.

가끔 기분이 울적하면 미용실에 가서 스타일을 과감하게 바꾸는 게

기분 전환에 가장 좋다.

모모에는 요즘 항상 커트머리이다.

왜 머리를 기르지 않냐고 물었더니

대학 다닐 때 하고 싶은 스타일을 다 해봤기 때문에

큰 미련이 없다고 했다.

그녀는 옷 사는 게 취미일 정도로 옷을 좋아했다.

그런데 요즘은 트레이닝 복으로 패션이 고정되어 있다.

물론 예쁜 트레이닝 복에는 무척 관심이 많다.

모모에가 어젯밤에 있었던 일을 들려주었다.

밤 11시 쯤, 물을 마시고 싶어 거실에 나갔더니

중얼중얼 소리가 나더란다.

발코니 쪽으로 나가니, 태우가 앤을 가슴에 안고서 혼을 내고 있는데

마치 아빠가 아이를 타이르듯 아주 다정스럽게 말을 해서
조금 놀랐다고 한다.

앤의 취미는 태우의 책을 물어뜯는 것이다.

처음에는 앤 때문에 모모에와 태우가 무척이나 많이 싸웠다.

태우의 책은 대부분 종교 서적이나

자신의 전공인 태양전지에 관련된 것들이다.

바닥에 떨어진 책을 앤이 물어 뜯어 놓으면,

퇴근하고 돌아온 태우에게 무척이나 혼이 났다.

그런데 한 집에 오래 살다 보니 태우가 점점 변해갔다.

앤에게 점차 가족의 정을 느끼게 된 것이다.

모모에는 나에게 의미 있는 말을 해주었다.

"가끔씩 내가 태우를 때리는 흉내를 내면,

앤이 나한테 무섭게 달려들어.

반대로 태우가 나를 때리는 흉내를 내면,

멍멍 짖으면서 태우의 팔을 물어뜯어.

우리보다 훨씬 지능이 낮은 동물도 선악의 구분을 하고

약자를 보호하려고 하는데

어리석은 인간들은 아무 생각 없이

내 편, 네 편으로 나뉘어 서로 헐뜯기만 하니……,

강아지에게서도 삶의 진리를 배울 수 있다니까."

내가 가장 좋아하는 꽃은 '비단향꽃무 Stock'이다.

옛날에 아름다운 두 자매가 있었다.

그들은 마음씨 착한 형제와 각각 사귀어 두 쌍의 연인이 되었다.

그러나 질투심을 느낀 악인들이

싸움을 걸어 형제를 죽이고 말았다.

자매도 슬픔을 이기지 못하고 뒤따라 스스로 목숨을 끊었는데

이들의 죽음을 슬퍼한 신이 자매의 영혼을 머물게 한 꽃이

비단향꽃무이다.

프랑스에서는 남성이 여성을 만나면

절대 바람을 피우지 않겠다는 다짐의 뜻으로

이 꽃을 모자 속에 넣어 다녔다고 한다.

또 '어떤 역경이라도 밝게 극복하는 강인한 사람'을 뜻하며

'지금 그대로가 가장 훌륭하다'는 뜻도 가지고 있다고 한다.

모모에는 내가 비단향꽃무와 닮았다고 말해주었다.

어젯밤 그녀는 카페 테라스에서 〈비단향꽃무〉라는 곡을

첼로로 연주해주었다.

그녀의 첼로 소리가 완벽하지는 않았지만,

어두운 밤에 아주 잘 어울리는 아름다운 곡이었다.

오늘 모모에와 〈달콤한 인생〉이라는 영화를 보았다.
첼로와 함께 연주되는 유키 구라모토의 피아노 곡
〈로망스〉를 듣기 위해서였다.
남자 주인공의 대사가 아주 인상적이었다.

어느 깊은 가을 밤, 잠에서 깨어난 제자가 울고 있었다.
그 모습을 본 스승이 이상하게 여겨 제자에게 물었다.
　"무서운 꿈을 꾸었느냐?"
　"아닙니다."
　"슬픈 꿈을 꾸었느냐?"
　"아닙니다. 달콤한 꿈을 꾸었습니다."
　"그런데 왜 그리 슬피 우느냐?"

제자는 흐르는 눈물을 닦아내며 나지막이 말했다.
　"그 꿈은 이루어질 수 없기 때문입니다."

모모에는 말했다.
신은 자신에게 달콤한 인생과 달콤한 사랑을 허락하지 않았고
자신의 인생은 의무와 책임에 따르는 삶의 고통을

지혜롭게 넘기는 것이라고…….

그녀는 너무나 변했다.

20세기의 마지막 낭만파, 대표적인 아날로그 인간이었던 모모에가

완벽한 21세기의 아줌마가 되었다. 아니, 아줌마의 삶을 선택했다.

그것이 신이 자신에게 원하는 삶이라고 말했다.

모모에만의 짙은 페이소스와 유머가 느껴졌다.

이틀 전 따뜻한 남쪽 오키나와에서 목사님 한 분이 오셨다.

목사님은 〈잭 아저씨네 작은 커피 집〉이라는 책을 주제로

설교를 하셨다.

'시애틀'이란 도시 이름은 그 지역 많은 사람들로부터 존경받았던

'Chief Seattle 1790-1866, 시애틀 추장'이라는 인디언 추장의 이름에서

유래되었다고 한다.

시애틀은 '스타벅스', '시애틀스 베스트 커피' 등

많은 유명한 커피 체인을 탄생시킨 곳이다.

물론 스타벅스 1호 점도 시애틀에 있다.

아마도 비 내리는 해양성 기후와 깊은 연관이 있는 듯 하다.

언젠가 모모에와 함께 보았던

〈시애틀의 잠 못 이루는 밤〉이라는 영화가 생각났다.

두 남녀의 운명적인 만남이

잔잔한 음악과 함께 잘 어우러진 따뜻한 영화였다.

커피의 도시 시애틀에는 전설적인 커피 가게가 하나 있다고 한다.

매장을 확장하거나 분점을 내지 않고,

오로지 아주 작은 하나의 점포로

모든 사람을 감동시키는 '엘 에스프레소'라는 커피 가게이다.

이 가게는 20년간 자신들의 가치관을 담은

네 가지 원칙4P에 충실해왔다고 한다.

　　첫째, 열정 Passion

　　둘째, 사람 People

　　셋째, 친밀함 Personal

　　넷째, 제품 Product

커피를 누구보다 좋아하고 열정을 지닌 사장이

유능하고 친절한 직원을 고용해 공정하게 대우하고

결과적으로

고객을 감동시키는 최고의 제품으로 가게를 운영하는 것이다.

목사님의 설교에 감동한 모모에는

세상에 단 하나뿐인 자신만의 커피 집을 갖고 싶다고 했다.

나는 그녀 옆에서

시애틀에서 아주 유명하다는 '치즈케이크 팩토리'의 케이크만큼이나 새콤달콤하고 맛있는 모모에 케이크를 만들고 싶다.

어젯밤에 나는 우피 골드버그가 수녀복을 입고 어느 잘생긴 남자와

바닷가에서 커피 마시는 모습을 보는 꿈을 꾸었다.

내년 여름 휴가로는 열심히 돈을 모아 꼭 시애틀로 가고 싶다.

모모에는 태우와 브로드웨이에서

뮤지컬 〈미스 사이공〉을 보고 싶다고 했다.

그녀는 배우 '기타로'를 직접 보았던 얘기를 해줬다.

기타로는 내가 아주 좋아하는 배우로,

커피 광고로 많은 사람들에게 큰 인상을 주었다.

그녀가 어느 날 아침 허겁지겁 출근을 하는데

병원 복도 끝에서 아주 잘 어울리는 한 쌍의 커플이

자기 쪽으로 걸어오고 있는 것이 보였다.

안경을 끼지 않아 멀리서는 얼굴을 알아보지 못했던 그녀가

그들과 마주친 순간 깜짝 놀랐단다.

바로 배우 기타로와 그의 부인이었던 것이다.

조각가로 알려진 그의 부인은 엄청난 미인이었단다.

사인을 받고 싶었지만, 그냥 조용히 지나쳤다고 했다.

오늘 샌프란시스코에서 보낸 야마다의 소포가 왔다.

모모에는 신나서 어쩔 줄을 몰라 했다.

샌프란시스코의 아름다운 풍경을 담은 엽서에 CD까지 보내왔다.

자기가 머무는 곳 근처에 일본인이 운영하는 서점이 있다고 했다.

야마다가 가장 좋아하는 노래는 뮤지컬

〈판타스틱스〉에 나왔던 〈Try to Remember〉이다.

언젠가 우리에게 그 노래의 가사를 가르쳐줬는데,

그 CD를 보내준 것이다.

야마다는 나나무스크리가 부른 버전의 그 곡을 좋아했다.

매일 카페에 갇혀 커피만 만들고 있는 내 모습이

오늘은 조금 답답하게 느껴졌다.

모모에는 샌프란시스코에서의 추억을 이야기해주었다.

요트가 떠다니는 풍경, 금문교,

태우와 스탠포드 대학에 놀러갔던 일, 산 호세에서 본 아름다운 집,

바닷가 절벽을 끼고 드라이브 했던 일······

나에게 일주일의 시간이 주어진다면

카페 엄마를 모시고 샌프란시스코에 가고 싶다.

모모에와 '칭찬'이라는 주제를 가지고 수다를 떨었다.

나는 두말할 것 없이 초등학교 때 마사코 선생님 이야기를 했다.

모모에는 자신이 근무했던 병원의 원장님 이야기를 해주었다.

원장님은 아침마다 출산을 하거나 입원한 직원들의 병실을 방문해

"당신 최고야", "너무 훌륭해" 하고 외치고 나가셨단다.

새로운 생명의 탄생을 축하하고,

병으로 입원한 직원들을 격려하기 위해

아침마다 일찍 출근을 해서 그렇게 하루를 시작하셨다.

모모에는 오래 전에 병원을 그만두었기 때문에

원장님을 까맣게 잊고 있었다고 했다.

그런데 며칠 전 원장님이 활짝 웃는 얼굴로 신문에 나왔단다.

신문 기사의 내용은 이랬다.

　"하나님께서는 나에게 암을 선물하셨습니다.

　　푸른 하늘과 맑은 새소리가

　　이렇게 아름다운 줄 모르고 죽을 뻔 했습니다.

　　매일 안부 전화를 하는 친구들이

　　정말 소중한 인연임을 지나칠 뻔 했습니다.

　　집사람과 손잡고 산보하고

　　매주 온 가족이 교회에 가고 식사하는 일이

　　이렇게 행복한 일이라는 것을 어찌 알았겠어요?

　　하하하."

원장님이 빨리 건강을 회복하시고 "하하하" 웃으시면서

다시 우리 곁으로 오시길

진심으로 기도한다.

나도 존경하는 원장님이 한 분 있다.

미찌병원을 운영하는 여자원장님이다.

어릴 때 아버지를 잃고 홀어머니 밑에서 열심히 공부해

병원장이 되셨다.

그분은 단 일분의 시간도 헛되이 보내지 않으셨다.

산부인과 전문의로 수많은 생명을 살렸고

의료 시설이 없어 죽어가는 산모를 보며

본인의 소명이 무엇인지 확실히 깨닫고는

자신의 길을 꿋꿋이 걸어가셨다.

결혼도 미룬 채

남자도 하기 힘든 많은 일을 어려움을 견디며 해내고 계시다.

노력하는 자만이 얻을 수 있다는 것을 몸소 실천하신 분이다.

모모에와 함께 야마다에게 답장을 보냈다.

모모에는 새로 연습한 유키구라모토의 로망스를 피아노로 연주하고

난 편지를 낭독해 녹음 테이프를 만들었다.

민들레 카페에서 일어난 일상들과, 많이 보고 싶다는 내용을

나의 재미있는 목소리로 녹음하니

제법 들을 만한 작품이 완성되었다.

그 테이프를 돌려 들으며 모모에와 얼마나 웃었는지 모른다.

야마다가 샌프란시스코에서 이 테이프를 받으면

무척이나 즐거워할 것이다.

나이는 사십이지만, 우린 열일곱 소녀와 같은 마음을 지녔다.

테이프와 함께, 민들레 수예점에서 만든

작고 가벼운 이불을 선물로 보냈다.

민들레 수예점의 사장님은 얼굴이 아주 작은 굉장한 미인이다.

그녀의 가게에는 그녀처럼 예쁜 물건들로 넘쳐난다.

그녀는 해마다 꽃무늬 이불을 만들어,

이불 끝에 작은 민들레 한 송이를 직접 수놓는다.

가끔 어려운 이웃들에게 자신의 이불을 선물하기도 한다.

그녀는 수를 놓을 때마다 하나님께 기도를 드린다고 한다.

그녀의 이불에는 축복이 담겨 있다.

나도 그녀의 이불을 덮고 잔다.

그녀의 이불에는 천사의 마음이 새겨져 있다.

야마다가 매일 밤 천사의 이불을 덮고

편하게 잠들었으면 좋겠다.

매년 가을이면 민들레 카페에 샹송이 흐른다.

모모에 덕분에, 불어를 하나도 못하는 나도 한 곡을 외워버렸다.

그녀는 파트리샤 카스와 엘자의 노래를 좋아한다.

나는 프랑소와즈 아르디의

〈Comment te dire adieu?〉라는 노래가 가장 좋다.

구두 광고에 나왔던 노래인데, 따라 부르기가 쉬운 편이다.

해석하면 '어떻게 이별을 말할까?'라고 한다.

모모에는 프랑소와즈 아르디의 노래 중에

〈Il n'y a pas d'amour heureux〉라는 노래가 마음에 든다고 했다.

'행복한 사랑은 없다'는 뜻의 제목인데,

누군가와 이별을 할 때 들려주고 싶은 노래라고 했다.

모모에가 가장 좋아하는 샹송은 엘자의 〈나의 선물〉이라는 곡이다.

그녀는 오후에 시집 한 권과 요시아에게 선물할 동화책 한 권,

그리고 마더데레사의 말씀을 모은 책을 민들레 서점에서 사왔다.

그녀는 카페 냉장고에 마더데레사의 말씀을 적어서 붙여놓았다.

마더데레사는 사랑과 자비심으로

불쌍한 사람을 도왔던 수녀님 만으로만 보통 알고 있지만

깊은 영적 고뇌와 방황을 가슴 속 깊이 느끼며

많이 외로워했던 분이라고 모모에는 말했다.

〈기도〉

"죽음에서 삶으로, 거짓에서 진리로 이끄소서.

절망에서 희망으로, 두려움에서 용기로 이끄소서.

증오에서 사랑으로, 전쟁에서 평화로 이끄소서."

〈진정한 사랑〉

"육체의 질병은 마음으로 치료할 수 있습니다.

그러나 외로움과 절망은 오직 사랑으로만 치료할 수 있습니다.

이 세상에는 빵 한 조각이 없어 굶주려 죽어가는 사람들이 많습니다.

그러나 작은 사랑에 굶주려가는 사람들이 더 많습니다.

우리 모두는 사랑하고 사랑받는

이 엄청난 일을 위해 창조되었습니다.

누군가를 조건 없이 사랑할 때,

아무런 기대 없이 사랑할 때 그것이 비로소 사랑입니다."

〈쉬운 일〉

어느 날 마더데레사는

지위가 높고 재력 있는 사업가들에게 강연을 했다.

그들은 강연 내용에 깊은 감명을 받았고

정말 순수한 마음으로 그녀의 일을 돕고 싶다고 했다.

말하자면, 그들이 한 말의 뜻은 '얼마의 돈을 내면 되는가?'였다.

그녀는 대답했다.

"집으로 가서 여러분의 배우자와 아이들을 사랑하십시오.
여러분의 마음을 가족에게 주십시오.
함께 하고, 따뜻하게 대하고, 시간을 만들고, 이야기를 들어주고,
말해주고, 기도하면서 하나님의 가정을 만드십시오.
그것이 수표에 서명하는 것보다 훨씬 쉬운 일입니다."

모모에가 가장 존경하는 음악가는 요요마이다.
그는 다른 음악가들도 인정할 만큼 훌륭한 인격의 소유자이다.
모모에가 그를 특히 더 좋아하는 이유는
그가 다정한 남편이자 아빠라는 점이다.
그는 매년 7월에는 아무런 스케줄도 잡지 않고,
오로지 가족들과 함께 시간을 보낸다.
그는 가족들의 사진을 커다란 첼로 케이스 안에 함께 넣어서 다닌다.
그는 가족들과 많은 시간을 보내지는 못하지만,
마음은 항상 가족과 함께 있는 사람이다.
요요마는 또한 클래식에 국한되지 않고
새로운 음악 세계에 도전하는, 실험 정신이 강한 사람이다.
그러나 모모에가 요요마보다 더 존경하는 사람은

그의 부모님, 특히 어머니인 마리나이다.

그녀는 자식들을 인격적으로 키운 훌륭한 어머니였다.

무대에 선 영웅이 요요마라면, 무대 뒤에 선 영웅은 마리나이다.

성경에 보면,

아브라함의 뒤에는 충성스러운 종 엘리에셀이 있었으며

다윗의 뒤에는 다윗을 생명처럼 사랑한 친구 요나단이,

바울의 뒤에는 바나바라는 인물이 있었다.

무대 뒤에 선 영웅은 겸손하며

참된 우정의 원리를 알며

큰 그림을 볼 줄 알며

적절할 때 조용히 물러설 줄 아는 사람이다.

모모에는 요요마에게 이시키 마코토의

〈피아노의 숲〉이라는 책을 선물해 주고 싶다고 했다.

그 작품은 만화영화로도 만들어졌는데

세계적 피아니스트이자 지휘자인 블라디미르 아쉬케나지가

음악감독을 맡았다.

그는 타이틀곡인 〈피아노 숲〉, 쇼팽의 〈강아지 왈츠〉,

베토벤의 〈엘리제를 위하여〉, 모차르트의 〈피아노 소나타〉를

직접 연주했다.

모모에는 요요마가 음악감독을 맡아

자신의 어린 시절부터의 성장과정을 담은 만화를 만들어

전 세계 어린이들과 부모들에게 보여주면 좋겠다고 말했다.

중간 중간에 자신이 직접 연주한 곡들로 채워지고, 마지막에는

자신의 어머니에게 바치는 곡을 직접 작곡해 연주하면

더 멋있을 것 같다고 했다.

모모에가 보고 싶은 만화는

요요마가 자신의 어머니에게 바치는 만화이며,

요요마가 재능은 있지만 형편상 꿈을 펼치기 어려운 아이들을

도와주는 사람이 되길 원한다고 했다.

요요마와 모모에의 공통점은

가족들에게 헌신적이고 책임감 있는 엄마를 만났다는 점이다.

나와 모모에는 요요마가 연주하는 드보르작의

첼로 협주곡을 좋아한다.

모모에는 요요마의 스승인 존 A. 랄로에 대한 이야기도 해주었다.

그는 어린 요요마가 사소한 잘못을 했을 때,

요요마를 불러 '책임'에 대해 이야기했다고 한다.

"요요, 네가 무슨 생각을 하고 있는 지 잘 안다.

　나도 너처럼 미국인이 아니라

　다른 문화에서 자랐던 이방인이었으니까 말이다.

　하지만 너는 나보다 더 큰 책임 속에서 살아갈 운명이란다.

　보렴, 넌 조국이 아닌 다른 나라에서 태어나 살아가고 있고,

게다가 네 친구들과는 달리 음악가의 길을 걷고 있지 않니?

그러나 이 책임이 꼭 괴로운 것만은 아니란다.

넌 장래에 유명해질 것이고,

어쩌면 왕족처럼 귀한 사람이 될 수도 있으니까 말이야.

그렇게 되면

너는 공인으로서 지금보다 더 많은 책임을 져야 할 것이다.

네 인생은 너 혼자만의 것이 아니야.

너는 세계인에게 음악으로 기쁨과 행복을 전해주면서,

세계 속에서 살아갈 운명을 안고 태어난 아이란다.

그래서 너에게는 '책임'은 아주 중요한 부분이란다."

훌륭한 부모님과 공인으로서의 책임을 가르쳐 준 스승,

그리고 요요마 본인의 피나는 연습이

세계적으로 존경받는 음악가 '요요마'를 탄생시킨 것이다.

모모에게 요요마에 대한 이야기를 듣고

〈무대 뒤에 선 영웅들〉이라는 책을 다시 한 번 읽었다.

오늘 저녁 중학교 동창회에 다녀왔다.

그런데 왜 이렇게 마음이 무거운지 모르겠다.

아마 동창중의 한 여자 때문인 것 같다.

그녀는 우리 반에서 가장 부잣집 딸이었다.

아버지가 항공 회사에 다녀서 그런지,

해외 여행을 가끔 다녀오기도 했다.

얼굴도 예쁘고 공부를 잘 해 인기가 좋았던 그녀는

왜인지는 몰라도 나를 따돌림 대상으로 지목했다.

난 어려운 형편에다 엄마는 병약하셨기에

도시락 반찬에 신경을 쓸 수가 없었다.

그 여자아이는 매일 내 초라한 도시락을 보고 놀려댔고

난 아이들 앞에서 도시락 뚜껑을 열기마저 부끄럽게 되었다.

엄마가 몸이 아프면 내가 도시락을 직접 만들기도 했는데

어김없이 그 아이는 집요하게 날 놀려댔다.

화를 내고도 싶었지만 반에서 그녀의 영향력이 워낙 대단했기 때문에

참을 수밖에 없었다.

그녀는 자신의 마음에 들지 않는 아이들을 괴롭히기 위해

아이들 사이를 이간질시키고

뒤에서 흉보고 공격하는 일을 서슴지 않았다.

그런 그녀를 중학교 졸업 후 오늘 처음 만난 것이다.

나는 상담실에서 사람들을 만나며

'용서'라는 말을 너무나 쉽게 했다.

용서를 하지 못하면 분노의 감옥에 갇혀

자신만 불행한 삶을 살게 되며

결국 건강까지 잃어버리게 되는 것을 수없이 보아왔다.

하지만, 피해자는 벽장 안에 갇힌 것처럼 어두운 터널을 걷고 있는데

가해자는 상대적으로 아무 일도 없었다는 얼굴을 하고

편하게 사는 경우가 너무나 많다.

그녀와 얼굴을 마주한 순간, 난 자유롭지 못했다.

설상가상으로 그녀는 나와 같은 테이블에 마주 앉게 되었다.

난 어떤 표정을 지어야 할 지

머릿속에 수많은 얼굴을 그려봐야 했다.

그녀는 아주 편안한 얼굴로 내가 일하는 카페의 위치를 물었다.

시간이 나면 한번 찾아오겠다고 말했는데, 온 몸에 소름이 돋았다.

마음의 치유가 되지 않은 상황에서 그 얼굴을 마주하고 있는 것이

너무나 힘들었다.

얼굴은 웃고 있었겠지만, 내 마음은 분노로 가득 차 있었다.

집으로 돌아오는 길에 중학교 때 짝이었던 요코가

그녀에 대한 자세한 이야기를 해주었다.

고등학교 때 그녀의 아버지가 사고로 돌아가신 후

집안 사정이 기울기 시작해 무척이나 고생을 했다고 한다.

그 이야기를 들으니,

그녀가 그때의 나의 삶에 대해 조금이라도 이해하게 되지 않았을까

생각하게 되었다.

며칠 전 모모에가 나치의 포로 수용소에서 살아남은
막스 에델만이라는 사람에 대한 이야기를 해주었다.

그는 1944년 4월, 두 명의 나치 군인에게 심하게 맞아 시력을 잃었다.

그러나 즉결 처형의 위기에서 그를 보호해 준 이는
정치범으로 같이 수용된 독일인 병영 감독관이었다.

막스 에델만은 자유의 몸이 된 후 자신의 신체적 불행을 받아들이고
열심히 공부해 물리치료사가 되었다.

그런 동안에 그에게 위로의 말을 아끼지 않고
새로운 일자리까지 소개해 준 사람은 독일인 안과의사였다.

그는 가톨릭 신자인 한 독일 여성과 결혼하여 미국에 정착한 후
장애인 인권에 관한 저술을 하며

한 사람의 정치가가 얼마나 많은 희생과 불행을 가져오는지
인간의 존엄성에 대한 관용을 잃은 편협함과
인권의 경시가 가져오는 끔찍한 결과에 대해
세상에 알리려고 노력했다.

그의 가족과 그의 두 눈을 빼앗은 사람은 독일인이었다.
하지만 그를 위로하고 새로운 삶을 살 수 있도록 도왔으며
두 눈이 되어준 사람도
독일인이었다.

헬렌 켈러는 이런 글을 남겼다.

"교육의 가장 숭고한 결과는 관용이다.

홍수와 번개도, 도시를 파괴한 자연의 잔인함도

관용을 잃어버린 편협한 한 사람이 자행하는 파괴력에

미치지 못한다.

그런 사람은 너무나 많은 귀중한 생명과 삶을

인류에게서 빼앗아간다."

저녁 때 내가 개인적으로 알고 지내던 젊은 목사님이

카페로 나를 찾아왔다.

심리 치료 세미나에서 만난 분으로, 얼마 전 결혼한 새 신랑이다.

나에게 자신의 고민을 상담하러 일부러 찾아온 것이었다.

자신이 상담을 맡고 있는 어떤 여자가

자신에게 계속 개인적인 전화를 걸고 문자를 보내온다는 것이다.

처음에는 그냥 고민을 들어주고 해결점을 찾아주려 노력했는데

점점 이상한 기분이 든다고 했다.

이러다 아내에게 오해라도 사지 않을까 걱정이 되고,

상담을 그만 두고 싶다는 말을 했다.

나는 그에게 당분간 여성들과 상담하는 일을 그만 두라고 말했다.

상담을 하다 보면 정에 굶주린 사람들을 많이 만나게 된다.

자신의 이야기를 친절하게 들어주는 사람에게
일종의 '정'을 느끼게 되는 것이다.
그것이 '정'에서 끝나면 다행이지만,
'연정'으로 발전하면 문제는 심각해진다.
자제력이 없는 사람들은 스토커처럼 변해버리기도 한다.
상담실에 찾아오는 목사님들은
목회 하면서 어려웠던 경험담이나 에피소드들을
나에게 종종 말씀해주신다.
상상치도 못한 이야기들이 가끔 나오기도 한다.
어떤 목사님은 자기가 죽기 전
〈늙은 목사의 고백〉이라는 제목의 책을 쓰고 싶다고 했다.
자신처럼 목회를 준비하는 후배들에게
해주고 싶은 이야기들이 많이 있다고 하셨다.
자신이 목사보다 잘나고 똑똑하다고 우기는 사람들
목사를 자신의 남편으로 착각하는 사람들
별별 이야기들이 넘친다고 했다.
목회자들도 사람이다 보니,
가끔 좋지 않은 목회자들의 이야기가 신문에 나온다.
참으로 안타까운 일이다.
옛날 어떤 목사님은 설교 중에, 자신이 한 발자국만 더 나가면
낭떠러지로 떨어질 것 같다고 하셨다.

많은 사람들 가운데서 정말 도를 닦는 마음으로 살아야
자신을 지켜나갈 수 있는 것이 바로 목회자의 길이다.
하나님이 사랑하는 진정한 목회자는
어쩌면 벼랑 근처에 서있는, 세상에서 가장 외로운 사람들이다.

나에게는 남자 친구가 생기면 꼭 하고 싶은 일이 하나 있다.
작고 낮은 산에 올라가, 밤하늘의 별을 같이 보는 것이다.
아마도 알퐁스 도데의 〈별〉에 나오는 마지막 대사때문인 것 같다.
  "저 별 가운데 가장 곱고 가장 반짝이는 귀한 별 하나가
    길을 잃고 나에게로 와서 내 어깨에 기대어 잠을 자고 있었다."

내가 모모에게 이 이야기를 꺼냈더니
얼마 전 태우와 산에 갔다가 힘들어 죽을 뻔 했다며
자기는 등산이 싫다고 했다.
태우가 모모에의 투정을 다 받아주느라
얼마나 고생했을 지 눈에 선하다.
아마도 그녀는 태우의 등에 업혀서 내려왔을 것이다.
모모에는 바닷가에서 밤하늘을 바라보며 조용히 손잡고 걷는 것이
등산보다 훨씬 좋다고 했다.

하지만 난 밤바다를 싫어한다.

옛날에 친구들과 밤에 바닷가로 나갔다가

황당한 사람들을 만난 적이 있어서이다.

무조건 우리 옆으로 다가오더니,

자기들과 같이 기타 치며 놀자고 하는데, 전혀 그러고 싶지 않았다.

어쨌든 모모에는 운동이 필요하다.

그래서 오늘 그녀를 데리고 공원에 산책을 나갔다.

별빛 아래서 그녀에게 줄넘기를 시키기도 했다.

지나가는 사람들이 우리를 보고 살짝 웃었다.

씩씩거리며 뛰는 아줌마와 무서운 코치 선생

오늘 모모에와 나의 모습이 그랬을 것이다.

요즘 요시모토바나나의 소설을 읽고 있다.

그녀의 글은 잔잔한 호수같다.

잔잔한 감동을 주고, 마음을 따뜻하게 만든다.

그리고 욕심이 없다.

내가 만일 책을 쓰게 된다면

필명으로는 '토마토'라는 이름을 쓰고 싶다.

토마토는 채소같기도 하고 과일같기도 하다.

내가 만일 씨를 받게 된다면

필명으로는 '토마토'라는 이름을 쓰고싶다.

토마토는 채소같기도 하고 과일같기도

다른 과일과 비교해 씨   공 한다.

나의 꿈이 꼭

ㅁ

자기   것이

나의

다른 과일과 비교해 비싸지는 않지만,

사람들에게 많은 비타민을 제공한다.

나의 글이 깨끗하고 신선한 토마토가 되어

사람들에게 비타민처럼 다가갔으면 좋겠다.

마음을 건강하게 만들고

자신의 인생을 한번 더 되돌아보게 만드는

비타민과 같은 책을 세상에 내놓는 것이 나의 작은 소원이다.

모모에는 요즘 부쩍 바쁘다.

요시아의 농구시합 준비와,

주말에 교회에서 있을 결혼식 축가 연주 준비 때문이다.

축가는 〈완전한 사랑〉이라는 찬송가이다.

결혼하는 이 세상 모든 부부들에게 그녀가 들려주고 싶어하는

축가인데, 특별히 재즈로 편곡해서 연주한다고 한다.

어제는 〈전차남〉이라는 영화를 보았다.

한 소심한 청년이 인터넷 친구들의 도움을 받아

순수한 사랑을 만난다는, 소설 같은 영화이다.

모모에가 나에게 권유했다.

모모에는 저돌적인 남자보다

어설프게 고백도 제대로 못하는 남자가 더 매력적이라고 했다.

모모에가 그런 남자를 만났다면, 나는 답답함에 가슴을 쳤을 것이다.

모모에는 인간 마네킹으로 변신해있고,

남자는 덜덜 떨면서 눈도 못 맞추며 있을 장면을 생각하면

웃음밖에 나오지 않는다.

내가 모모에를 놀리자,

사람은 모두가 어느 정도 양면성을 지니고 있기 때문에

자기도 상대에 따라 행동이 달라진다고 한다.

그러나 상대방에게 자신을 솔직히 내보일 수 있어야

가식적이거나 이중적인 행동,

자신을 부정하는 거짓말 같은 모습들이 나오지 않는다고 했다.

상담을 하러 오는 아이들 중에는

이성 문제때문에 오는 경우가 적지 않다.

아무래도 이성에 대한 호기심이 무척이나

많이 생기는 시기이기 때문일 것이다.

모모에는 그런 아이들에게 이 영화를 추천하고 싶다고 했다.

사람의 진실함은 감추어진 곳에 있을 수 있기 때문에

겉모습만 가지고는 쉽게 판단하지 말아야 한다는 것이다.

난 영화를 보고 나서 그 소심하고 순수한 청년이

루 살로메와 같은 여인을 만나지 않은 것이 다행이라고 생각했다.

그 소심한 청년이

릴케와 니체, 프로이드를 병들게 했던 그녀를 만났다면
분명 일찍 죽었을 것이다.

루는, 여자에게는 유난히 냉정했던 니체마저 극찬한
천부적인 머리와 재능을 가진 여인이었다.

그 재능을 조금만 좋은 방향으로 썼다면 아마 위대한 작가,
존경받는 사람이 되었을 텐데,

그녀는 오직 자신만을 위해 그 재능을 사용했다.

그녀와 사귀는 남자는 9개월 만에 대작을 만들어낸다는
말이 있을 정도로 위대한 작가들 사이를 오갔지만

그녀가 한 사랑이란, 상대를 깊이 생각하고 바라본 사랑이 아니었다.

그녀와 사랑에 빠진 남자는 모두가 불행해졌다.

〈전차남〉은 모모에처럼 소심한 사람들에게
용기를 줄 수 있는 영화였다.

컴퓨터나 인터넷도
가끔은 순수하고 인간적일 수도 있다는 생각도 들었다.

나도 마음이 순수하고 진실하며 느낌이 좋은,
나만의 사람을 만나고 싶다.

그러나 모모에는 '순수', '진실', '사랑' 다 좋은 얘기지만
하나님 안에서 지혜로운 사람을 만나라고 충고했다.

〈에반겔리온〉에서 타카하시 요코가 불렀던
〈작은 소원 하나〉라는 곡이 내 방에 흐르고 있다.

점심 때 모모에와 나, 그리고 카페 엄마 셋이 레스토랑에 갔다.

모모에가 계산을 하려고 하는데,

엄마는 자기가 내겠다며 카운터 앞에서 실랑이를 벌였다.

다 큰 딸이 밥 한 번 사주는 게 큰 일도 아닌데,

카페 엄마의 고집도 대단하다.

난 모모에에게 엄마를 왜 좋아하는 지 물어보았다.

그녀는 곰곰이 생각하더니 이렇게 말했다.

　"너랑 닮아서."

　"엄마랑 내가 닮았다고?"

　"응, 너 우리 엄마랑 많이 닮았어.

　　다른 사람들이 보기에

　　우리는 기본적으로 성격이 정 반대인 사람이야.

　　난 게으르고 사람 만나는 걸 별로 좋아하지 않는데,

　　넌 열정이 뜨거운 애야.

　　그래서 우린 가끔 말다툼도 하곤 하지.

　　난 무척이나 소심하고 겁도 많고

　　가끔 세상과 단절하고 혼자 있고 싶어하기도 하는데

　　넌 엄마처럼 남자 같고 활달하고

　　사람들에게 둘러싸여 있는 걸 좋아해.

그런데 넌 항상 생각의 중심이 너 자신이 아니라, 다른 이들이지.

그리고 누구에게 뭔가 부탁하는 걸 좋아하지 않아.

부탁을 하게 되더라도 네 개인적인 부탁보다

다른 사람을 돕기 위해 네 자존심을 철저히 낮추지.

어떤 사람들을 가만히 지켜보면,

누군가에게 끊임없이 뭔가를 요구해.

상대방이 얼마나 부담스러워 하는 지 안중에도 없지.

무조건 자기 욕구를 표출하고,

상대방에게 능력이 있으면 도와주기만을 바라는 거야.

난 그런 사람들을 볼 때마다

오히려 그 사람에게 어려운 부탁을 하고 싶어.

누군가가 나에게 도움을 청할 때,

내가 도울 수 있는 충분한 능력과 위치에 있으면 상관이 없는데

나에게 무리가 되는 정도의 부탁이나 요구를 당연한 듯이 하면

화가 날 때가 있어.

그런 사람들에게까지 도움을 줄 필요가 있을까?

그래서 난 가끔 엄마나 너를 보면 답답할 때가 있어.

왜 자기 일도 아닌데

남의 문제를 해결하려고 먼저 나서는 지 이해가 안돼.

그렇다고 누가 그 심정 알아주는 것도 아니고

그냥 무보수 해결사같아.

물론 나도 다른 사람에게 가끔 부탁도 하고 살아.

어차피 도움을 받기도 하고 주기도 하는 세상이니까.

그런데 상대방의 입장이나 심정을

철저하게 고려하지 않는 부탁이나 요구가 반복되면

결국 자신이

언젠가 사람들로부터 고립되고 있다는 걸 느끼게 될 거야.

만약 고립되지 않는다면, 본인도 상대방의 무리한 부탁이나

요구를 들어주면서 살고 있겠지.

다른 사람의 입장에서 다시 한번 생각해보는 게 필요해.

나이가 들 수록 우리가 꼭 실천해야 할 점이야.

나도 지혜롭지 못해서 내 입장만 바라보고 사는 경우가 많았거든.

내가 엄마를 좋아하는 또 하나의 큰 이유는

엄마는 성격이 남자같아서

살갑게 누굴 보살피는 성격은 못되지만, 꽤 의리가 있어.

손가락 기부스인 나와 반대로, 사람들을 아주 잘 챙겨.

전화로 안부를 항상 묻고, 상대에 대한 관심의 끈을 놓지 않아.

엄마와 너는 다른 사람을 통해 뭔가를 얻고자 하는 마음보다

뭔가를 주고자 하는 마음이 더 큰 사람이야.

나한테 아버지보다 네 살 어린 작은아버지가 계셔.

8년 전에 작은엄마가 먼저 세상을 떠났는데,

그 때 엄마가 그렇게도 눈물을 흘리는 거야.

어린 나이에 같은 집안에 시집와서 서로 같은 고민을 하고

항상 서로 마음을 나누고 보살피며 살았던 사이였거든.

물론 피 한 방울 섞이지 않은 사이였지만,

오히려 친형제보다 잘 지냈어.

그래서인지, 사촌들하고도 자주 만나진 못했지만

마음은 아주 가깝게 느껴지는 편이고.

서로의 엄마들이 진심으로 사이 좋게 지내는 것을

자식들이 보고 배운 것이지.

하늘에 계신 작은 엄마가 가끔은 보고 싶어.

작은 엄마가 나에게 만들어주셨던 국수도 먹고 싶어.

요즘도 엄마는 작은 엄마가 만일 살아있었다면

매일을 붙어 지내고

아예 같이 살았을 지도 모른다고 해.

내가 세상에서 본 가장 아름다운 동서지간은

우리 엄마와 작은 엄마야.

작은 엄마의 무덤 앞에 한 다발의 꽃을 바치고

자신처럼 고생이 많았던 작은 동서의 죽음을

너무나 서러워했던 엄마의 뒷모습을 지금도 잊을 수 없어.

내가 엄마를 좋아하는 마지막 이유는

아버지 때문에 상상할 수 없을 만큼의 고생을 하셨어도

엄마는 자식들에게 보상받고자 하는 말을

단 한번도 하신 적이 없다는 거야.

엄청난 빚을 갚느라

당신은 젊은 시절 옷 하나 제대로 사 입어보지 못했으면서도

자식들에게는 그 어떠한 희생의 보상을 요구하지 않았어.

요즘도 자식들과 손자에게 무슨 선물을 사줄까

무엇이 필요할까 생각만 하셔.

심지어는 내가 밥 한 끼 사는 것마저 부담스러워하셔.

때로는, 그렇게 자신을 희생하지 않아도 되는데

너무 베푸시는 데에만 집착하시는 건 아닌가 하는 생각도 들어.

내가 엄마를 떠올릴 때 생각나는 단어는 '카리스마'야.

한번 그 카리스마 성격이 나오면 가족들 아무도 못 말려.

가끔은 아버지도 꼼짝을 못하셨지.

'몸이 버틴다면 어떤 힘든 일을 해서라도 남에게 손 안 벌리고

내가 내 가족을 거둔다'는 불굴의 정신력으로

평생을 버텨온 분이야.

그리고 새벽마다 일어나서 가족들을 위해 기도를 드리셨어.

뿐만 아니라, 항상 가족들이 아닌 누군가를 도우면서 사셨어.

인간적인 관점에서 봤을 때, 우리 엄마는 아주 그릇이 큰 분이야.

물론 난 엄마의 장점만을 보지.

사실은 나와 성격이 맞지 않는 부분도 있어.

고집도 너무 세고, 성격도 남자같고

자신이 옳다고 생각하면 자기 말만 하고 남의 말을 잘 안 들어.

성격도 한번 화가 나면 불같은 면이 있고 말이야.

하지만 그럴 때도

난 그냥 엄마에게 하고 싶은 이야기를 다 해버리지.

그래서 마음 속에 서운함이 남을 이유가 없어.

엄마와 내가 제일 친한 친구 같은 가장 중요한 이유는

바로 서로에게 비밀이 없다는 점이야.

이제 엄마는 건강때문에 예전만큼 열정적으로 일하지는 못해.

하지만 '하늘은 스스로 돕는 자를 돕는다'라는 말을

평생 온 몸으로 실천해오셨어.

지금 우리 가족이 이만큼 살게 된 건

다 우리 엄마가 진심으로 가족을 위해 눈물 흘리며

기도한 결과라는 걸 단 한번도 의심해본 적이 없어."

모모에의 말을 듣고 나니

나도 하늘에 있는 엄마 생각이 간절해졌다.

모모에는 가끔 퍼즐 맞추기 게임을 한다.

그녀가 가장 좋아하는 퍼즐 그림은 다빈치의 〈모나리자〉이다.

'모나'는 이탈리아어인데, 유부녀에 대한 경칭이라고 한다.
즉, '모나리자'는 '리자'라는 이름의 결혼한 부인을 뜻한다.
그녀는 루브르 박물관에 가서 이 그림을 직접 보았는데,
생각보다 그림이 작아 놀랐다고 한다.
한 번 누군가에게 도난을 당해 어렵게 회수한 사연이 있다고 한다.
모나리자의 미소를 퍼즐로 맞추고 있는 모모에를 보며
야마다를 떠올렸다.
그도 모나리자 그림을 아주 좋아한다고 말한 적이 있어서이다.
모모에도 나도, 그림에 대해 아는 것은 전혀 없다.
단지 따뜻한 모나리자의 미소는 가슴에 와 닿는다.

오늘은 문득 책을 사고 싶어 서점에 갔다.
어떤 책을 고를 지, 설레는 마음으로
넓은 서점의 수많은 책 사이를 이리저리 돌아다녔다.
눈에 띄는 제목이 있으면,
사지도 않을 책을 이리 저리 훑어보게 된다.
모모에와 나는 가장 인상 깊은 책 제목에 대해 이야기를 나누었다.
그녀는 한국의 유명한 여배우가 쓴
〈꽃으로도 때리지 말라〉라는 제목이 가장 좋다고 했다.

세계 곳곳의 헐벗고 굶주린 영혼들을 찾아간 고백의 글이라고 한다.
그 배우의 마음은 오드리 헵번과 너무나 닮았다.
한국의 김수환 추기경은 그녀의 글을 읽고 이렇게 말씀하셨단다.

"한 사람의 고통을 위로할 수 있다면,
우리는 헛되이 산 것이 아니다.
아무리 못나고 모자란 사람이라도,
인간이라는 이유 하나만으로 존엄하다.
굶주림과 질병으로 고통 받는 아이들을 위해
당신 자신을 선선히 내놓고
그들 어머니가 되어준 그분께 감사 드린다."

오늘 산 책은 한 유명 기업가의 탄생 100주년을 기념해 만든
〈너의 이름보다는 너의 꿈을 남겨라〉라는 책이다.
무척 마음에 드는 제목이다.
얼마 전에 〈세상의 중심에서 사랑을 외치다〉라는 영화를 보았는데,
영화에서 가장 가슴에 와 닿은 게, 바로 그 제목이었다.
상처받은 사람들과 상담하는 내가
이 세상 가장 높은 곳에 올라가 외치고 싶은 말이 생겼기 때문이다.
'가정의 중심에서 사랑을 외치다.'

내가 쓰고 싶은 책의 제목이다.

오늘은 모모에의 아빠가 돌아가신 날이었다.

그녀의 가족들이 모두 모였다.

언젠가 모모에에게, 지금까지 인생을 살면서

가장 큰 영향을 준 사람을 물어본 일이 있다.

그녀는 자신의 부모님이라고 했다.

엄마는 어려운 사람만 보면 항상 자기 일처럼 도우려 노력했고

남에게 신세지는 것을 무척이나 싫어하는 성격이라고 했다.

책임감도 강하고 성격도 활달해,

남자로 태어났다면 분명히 정치가나 큰 사업가가 됐을 거라고 했다.

카페 엄마는 내가 봐도

집에서 아이 키우고 살림만 하실 분은 아니다.

그분의 '모터 달린 발'이 돌아다니기에, 집은 너무도 좁아 보인다.

카페 엄마는 술도 아주 잘 드신다.

물론 지금은 교회에 다니기 때문에 전혀 안 드시지만……

모모에의 외할아버지가 양조장을 운영했기 때문에,

엄마는 술이 아주 세시단다.

모모에의 외할아버지는 고향 최고의 부자이자 신사였다고 한다.

카페 엄마는 자신의 아버지가 다른 사람에게

목소리 높이는 것을 들은 기억이 거의 없다고 하셨다.

아주 훌륭한 인격을 지니셔서

사람들에게 존경받는 분이라고 하셨다.

반면 모모에의 아버지는 가난한 고학생이었다.

어릴 때 어머니를 잃고 공부때문에 일찍 동경으로 올라가셨다.

가족의 사랑이 부족한 환경에서 자란 탓인지,

카페 엄마를 많이 힘들게 하셨다.

고집도 무척 세고, 자신이 결정한 일은

무조건 따르도록 식구들에게 강요하셨다고 한다.

모모에는 그런 아버지가 너무나 싫었다고 한다.

하지만 아이를 낳고 아버지의 인생을 생각해보니,

아버지가 무척 불쌍하게 느껴진다고 했다.

어릴 때의 상처가

아버지의 성격과 인생에 많은 영향을 준 것 같다고 했다.

모모에의 아버지는 무척이나 책을 좋아하고

공부하는 것을 즐기셨단다.

그리고 돈에 대한 욕심이 없었다.

집에 쌀이 있는 지 없는 지에는 관심이 없고, 오로지 책만 보셨다.

돈이 생기면 좋은 기계를 사들여 사업을 벌이셨다.

아버지는 여러 사람에게 일할 수 있는 기회를 많이 주셨다.

그리고 자신처럼 어렵게 공부하는 학생들을 많이 도우셨다.

하지만 그 동안 식구들은 무척이나 고생을 해야 했다.

아버지 때문에 모모에가 겪은,

천국과 지옥을 극단적으로 오가는 인생은

경영자의 순간적인 판단의 실수가

얼마나 많은 직원과 가족들의 생계를 위협할 수 있으며

거리로 내몰 수 있는 지 알려주는 것 같다.

모모에는 지독한 가난뿐 아니라 가정이 무너지는 위기를

눈 앞에서 경험했으며

셀 수 없는 나날 동안 엄마의 눈물을 보았다고 했다.

아버지가 병원에서 돌아가시던 날,

모모에 가족들은 많은 눈물을 흘리지 않았다.

아버지의 힘겨운 투병 과정을 지켜본 모모에는

빨리 하나님이 고통 없이 아버지를 데리고 가길 원했다고 한다.

그만큼 암환자의 고통은 죽음보다 무서웠다.

죽음 앞에서는 이 세상 누구라도 겸손해질 수밖에 없다.

직원들과 가족들을 호령하던,

강하던 아버지의 모습은 병실 어느 곳에도 없었다고 한다.

아버지의 장례식 날,

평생을 바쳐 일한 회사 사무실 책상 위에 영정 사진을 놓고

가족들은 재떨이에 마지막 담배를 붙여드렸다.

담배가 타 들어가는 동안,

모모에의 가족들은 쏟아지는 눈물을 참을 수 없었다.

모모에도 어린 시절 가족들이 겪었던 수많은 기억과

아버지의 고생을 떠올리며

언니를 부둥켜 안고 눈물을 흘렸다.

아무도 이해할 수 없었던 그 가족들만의 깊은 한이

그 곳에 자리잡고 있었다.

메구미 교회에는 연극부가 있다.

연극부가 그 동안 땀 흘려 연습한 공연이 오늘 저녁 무대에 올랐다.

연출가는 연극에 관심이 아주 많으신 40대의 여자 선생님이시다.

몇 달 동안 준비하시느라 무척이나 고생을 하셨다.

전문적인 배우들이 아닌, 각자 직업이 있는 분들이라

저녁마다 모여 연습을 했다.

인간이 재물, 건강, 학력, 사랑, 지위 그 모든 것을 얻더라도

결국 인생이 헛되어

하나님을 찾게 된다는 게 연극의 내용이었다.

난 솔로몬을 생각했다.

인간이 누릴 수 있는 최상의 것을 누렸어도,

결국 그는 인생의 헛됨을 느꼈다.

인간들은 지나가버릴 것에 대해 너무나 연연한다.

막상 손에 잡으면 시들해지지만,

무언가를 얻기 위해 노력하는 그 순간이 진정으로 행복한 것이다.

그래서 목표가 없는 사람을 보면 나는 참 우울해진다.

아무 목적의식 없이 하루 하루 살아가는 아이들을 보면,

그들의 미래가 걱정된다.

무너져버린 그들의 자존감을 회복시켜 주는 것

세상의 상처들을 치유하고 재발을 방지하는 것

가정을 작은 천국으로 만들 수 있도록 사람들을 교육시키는 것

이 세 가지를 위해 내가 노력하는 것이 주님의 기쁨이 되는 일이다.

상담을 하다 보면, 문제를 안고 있는 사람들의 뒤에는

더 큰 문제를 지닌 사람들과 해로운 환경이

무섭게 버티고 있다는 것을 보게 된다.

영적으로 완전히 눈이 감겨버린 상태의 사람들에게서 느껴지는

공통된 특징은 자신의 문제점을 제대로 파악하지 못하고

오로지 하소연이나 변명, 자기 방어만 늘어놓는다는 점이다.

죄의식의 상실이다.

아무리 지적하고 설명해 주어도 이런 문제를 전혀 인식하지 못하고

자신보다는 상대방을 공격하기 바쁘다.

지금 당장은 자기 변명으로 자존심이 회복되는 듯 하고

마음이 편해질 지 모르지만 세월이 흐르고 나면,

후회되는 인생을 살아왔다는 것을 깨닫게 될 것이 분명하다.

자신 때문에 다른 사람들이 상처받는 것을 전혀 인식하지 못하고
오히려 피해자를 바보나 사회 부적응자,
예민한 사람들로 취급해버린다.
세상의 모든 죄는 부메랑과 같아서
다시 돌아오게 돼있다고 그렇게 힘주어 말해도
어리석은 자들은 오늘도 그 말을 무시해버린다.
상처는 또 다른 상처를 낳고,
결국 그 상처는 언젠가 나에게 반드시 돌아온다.
문제 많은 영혼들이 과연 제대로 모양을 갖춘 또 하나의 영혼과
건강한 가정, 건강한 사회를 만들 수 있을까?
먼저 내가 건강해야 주변이 건강하고 모두가 건강한 것이다.
사람은 항상 문제를 정확하게 바라보는 연습을 해야 하고
내가 아닌 다른 이의 입장에서 생각해보는 연습 역시 무척 중요하다.
나의 말과 행동이 상대방에게 어떤 의미를 심어주고 있는지
꼭 점검해 볼 필요가 있다.
이렇게 말하는 나 또한
누군가에게 상처 줄 수도 있는 연약한 인간이다.
한 명 한 명의 사람들을 괴롭히는 존재들은 멀리 있지 않은,
바로 아주 가까운 곳에 있는 사람이다.
그래서 사람들은 쉽게 도망가지 못하고
가슴에 커다란 멍에를 지니고 하루 하루를 살아가고 있는 것이다.

모모에는 생떽쥐뻬리의 〈어린 왕자〉를 무척이나 좋아한다.

그녀는 한때 불어로 된 그 책을 읽고 싶었는데,

텔레파시가 통하지 않아

마음이 급해 중간에 번역된 책으로 바꾸었다고 한다.

한번 읽으면 그만인 책들이 많지만,

이상하게 이 작품은 세월이 지나면 지날수록

가끔은 한번씩 더 읽어보고 싶은 작품이란다.

　"가장 중요한 것은 마음으로 보아야 해.

　　눈으로는 보이지 않아."

그녀가 가장 좋아하는 대사라고 한다.

나는 요즘 도스토예프스키의 〈죄와 벌〉이 마음에 와 닿는다.

상담을 하다 보면,

인간이 어디까지 악해질 수 있는지 생각해볼 때가 많다.

라스콜리니코프라는 청년과 소냐라는 여인을 통해

인간의 죄성과 사랑에 대해 깊은 생각을 해보게 되었다.

총명했던 대학생은 지독한 전당포 주인에 대한 증오심으로

자의식을 상실하고 살인까지 저지르게 된다.

내가 보기에 그는 살인을 저지를 만큼의 처절한 삶은 아니었다.

다만, 충동적인 면이 너무 강했던 것 같다.

그는 성녀와 같은 마음을 지녔지만

거리의 여자로 살 수 밖에 없는 소냐의 헌신적인 도움을 받는다.

그녀를 통해 그는 시베리아 형무소에서

이전의 세상과는 다른 세상을 경험하게 된다.

소냐의 절대적인 사랑과 희생이 그를 변화시킨 것이다.

서로를 사랑하게 된 두 사람에게,

형무소에서의 7년은 7일 정도로밖에 느껴지지 않았을 것이다.

충동적이고 즉흥적인 행동을 하는 아이들을 볼 때마다

이 작품을 떠올리게 된다.

라스콜리니코프는 어려운 사람들을 도울 줄 아는

착한 마음도 지니고 있었던 사람이다.

하지만 극심한 우울증과 세상에 대한 증오심이

그를 악마로 변화시킨 것이다.

세상에 대한 부정적인 생각만 가득한 아이들이

순간적인 실수로 죄를 저지르기 전에

사랑으로 아이들을 변화시키는 것.

소냐가 한 인간에게 베풀었던 절대적인 사랑을

아이들에게 조건 없이 베푸는 것.

나는 과연 그런 삶을 살 수 있을까.

솔직히 말하자면, 자신이 없다.

내 속에는 무수히 많은 내가 쉴 새 없이 숨쉬고 있는 것 같다.

내가 원하는 삶이 어떤 것인지,

나조차 혼란스러울 때가 너무나 많다.

사람은 인생에서 세 종류의 사람을 만나며 살아간다.

나에게 선을 가르쳐 주는 사람,

나에게 악을 가르쳐 주는 사람,

나에게 선과 악을 동시에 가르쳐 주는 사람……

나에게 선을 베푸는 사람이 다른 사람에게 악을 베풀 수도 있다.

나에게 악을 베푸는 사람이 다른 사람에게 선을 베풀 수도 있다.

선을 가르쳐준 사람이 죽으면,

대부분의 사람들이 그의 죽음을 슬퍼한다.

악을 가르쳐준 사람이 죽으면 냉정하게 외면하거나,

자신이 당한 악의 상처를 성토한다.

선과 악을 동시에 베푼 사람이 죽으면

사람들은 각자 전혀 다른 반응을 보인다.

내가 뿌린 말과 행동의 열매는 내가 죽은 후

사람들의 표정과 행동에서 정확하게 나타난다.

사람들의 표정이 무관심하다면,

나의 삶을 돌이켜 생각해볼 필요가 있다.
'심는 대로 거둔다'는 한국 속담이 있지만,
세상에는 심지도 않았으면서 거두려 하는 사람이 많다.
보이지 않는 곳에서 조용히 선을 심는 것이
주님의 깊은 뜻이다.

모모에가 〈이 영화 봤니?〉라는 제목의 책을 선물했다.
청소년들을 대상으로 한 영화 설교로
유명하신 목사님께서 쓰신 책이다.
목사님은 넋 놓고 아무 생각 없이 영화를 보지 말라고 말씀하셨다.
하나의 영화 안에는 여러 인물이 등장하는데
각각의 인물의 성격이나 고민, 시대적 배경을 분석하면
더 깊이 있는 내용을 감상할 수 있다고 하셨다.
또한 친구와의 우정, 개개인의 가능성, 세상에서의 사명,
공동체에 대한 생각, 악과 죄에 대한 문제 등,
주제별로 구분하여 영화를 소개했다.
그렇게 소개된 영화들로 청소년들에게 친숙하게 접근해서
삶의 진정한 가치와 바른 신앙에 대해 교육하고 계셨다.
이 책이 나와 아이들의 거리를 좁히는 데 많은 도움을 줄 것 같다.

부모님들이 가끔이라도
자녀들과 함께 영화를 보고 토론할 시간을 가진다면
언젠가 기억에 남는 좋은 추억이 될 것이다.

요시아의 학교 선생님은 무척이나 책을 좋아한다.
요시아는 일주일에 한 권씩 책을 읽고 독후감을 꼭 써간다.
메구미 교회의 목사님도 책을 아주 많이 읽으신다.
설교를 하실 때 항상 세 권 정도의 좋은 책을 추천하신다.
항상 성경을 손에서 놓지 않고 읽어야 한다고 강조하시고
우리의 마음과 생각이 예수님과 닮도록
'거룩한 독서'의 중요성에 대해 사람들에게 말씀하신다.
저번 주 목사님이 설교하신 내용중
가슴에 와 닿는 시 한 편이 있었다.

〈발자국〉
　　눈 덮인 들판을 걸어갈 때
　　모름지기 함부로 걷지 말라.
　　오늘 내가 남긴 발자국은
　　훗날 뒷사람의 길이 되리라.

내가 함부로 남긴 발자국이

다른 사람을 낭떠러지로 밀어낼 수도 있고

어두운 길을 헤매고 있는 영혼들의 등대가 될 수도 있다.

나는 내가 남긴 조그마한 발자국이

단 한 사람이라도 살릴 수 있는 이정표가 되었으면 한다.

목사님이 들려주는 시를 들으며,

옛날 인디언들이 아이의 탄생을 축하하며 읊었다는 시가 떠올랐다.

〈축복의 기도〉

　이제 또 한 사람의 여행자가

　우리 곁에 왔네.

　그가 우리와 함께 지내는 날들이

　웃음으로 가득하기를.

　하늘의 따뜻한 바람이

　그의 집 위로 부드럽게 불기를.

　위대한 정령이 그의 집에 들어가는

　모든 이들을 축복하기를.

　그의 가죽 신발이 여기저기 눈 위에

　행복한 발자국을 남기기를.

나는 매일 시애틀을 꿈꾸며 산다.

그런데 모모에는

브로드웨이에서 브라질로 마음이 바뀌었다고 한다.

왜 수많은 나라 중에 브라질을 선택했는지,

혹시 맛있는 커피 원두를 구하려고 그러는 건 아닌 지 물었다.

그녀는 자기 아버지 때문이라고 웃으며 말했다.

모모에 아버지는 돌아가시기 며칠 전까지

병실 침대에 앉아 책을 읽으셨단다.

가끔씩 몸이 조금 회복되면, 회사로 나가셨다.

아버지는 놀랄 정도로 일에 열정을 지니고 계셨다.

자신의 일에 대한 자부심과 집념은 그 누구도 따라올 사람이 없었다.

아버지는 돌아가시기 전날까지 담배를 피우고 커피를 드셨다.

아무리 말려도, 세상 누구도 아버지의 고집을 꺾을 수 없었다.

그러면서, 당신이 어린 시절에 자랐던 고향으로 가겠다며

모모에의 오빠를 재촉했다.

뼈만 남은 앙상한 몸에 물 한 모금도 겨우 넘기는 체력으로

고향에 가겠다며 아들을 졸라대셨다.

그 다음 날 모모에 아버지는 하늘나라로 가셨다.

모모에는 피곤한 몸을 이끌고 장례식장 의자에 멍하니 앉아있었다.

무수히 많은 아버지 친구분들이 장례식장을 찾았다.

모모에는 생전에 아버지가

그렇게나 많은 사람들과 교류하고 있는 지는 몰랐다고 했다.

아버지의 후배라는 한 분이 모모에의 가족을 위로하며 말했단다.

　"아버님께서는 항상 브라질에 가서 일하고 싶어 하셨습니다.

　　정말 꿈이 대단하신 분이었습니다.

　　단 한번도 불가능이라는 말씀을 하신 적이 없습니다."

불도저처럼 앞뒤 가리지 않고 밀어붙이는 그분의 성격 때문에

모모에의 가족들은 무척 고생이 많았지만,

그 집념이 아버지를 숨쉬게 한 원동력이었다.

아버지에게 일과 회사는 자신의 생명이었고, 가족은 그 뒤에 있었다.

아버지가 진정으로 가고자 했던 곳은 시골 고향이 아니라

자신의 꿈을 마지막으로 펼칠,

지구 반대쪽 브라질이었을 지도 모른다고 모모에는 말했다.

브라질에서, 아버지가 그렇게나 좋아하던 담뱃불을

마지막으로 붙여드리고 싶다고 했다.

타 들어가는 연기 속에

가족들이 겪은 그 모든 상처들을 다 날려보내고 싶나 보다.

모모에는 돌아가시기 보름 전에

아버지와 나누었던 대화를 들려주었다.

"아빠, 하나님을 진심으로 믿어?"

"그럼, 믿지. 이제는 믿어야지.

 네 엄마가 나를 위해 30년 넘게 눈물로 기도하는 걸

 옆에서 다 들었는데

 이제는 믿어야지.

 지난번 꿈에 천사가 찾아와서 내 귀에 찬송가를 들려주는데

 그렇게 마음이 평안할 수 없었어.

 내 평생 그런 평화는 처음이었다, 모모에."

카페 엄마가 뿌린 기도의 씨앗은

결코 헛되지 않았다.

한 영혼을 구원하는데

30년이라는 긴 시간이 걸렸다.

저녁 때 조용히 앉아 성경을 읽었다.

난 성경 말씀 중에 잠언을 가장 좋아한다.

내가 세상 사람들에게 단 한 권의 책을 선물할 수 있다면,

난 성경을 줄 것이다.

성경 중에서도 모두에게 가장 전하고 싶은 말이 바로 잠언이다.

그 중에서도 내가 가장 좋아하는 구절이다.

　"지혜로운 자와 동행하면 지혜를 얻고,

　　미련한 자와 사귀면 해를 받느니라. 잠언 13장 20절"

　"마음의 교만은 멸망의 선봉이요,

　　겸손은 존귀의 길잡이니라. 잠언 18장 12절"

가끔 재능은 많으나 겸손하지 못한 사람들을 볼 때가 있다.

자신을 방어하기 위해

일부러 속마음을 숨기고 자신을 차갑게 포장하는 경우도 있겠지만

사람 자체가 교만으로 둘러싸여 있는 것을 볼 때는

참 안타까운 생각이 든다.

모모에도 나처럼 잠언을 즐겨 읽는다.

그녀가 가장 좋아하는 시집도

인도나 티베트, 네팔을 여행했다는 어느 철학자가 쓴 잠언 시집이다.

모모에는 병원에서 같이 근무했던 후배에게
그 시집을 선물로 받았다고 했다.
그 후배는 영문학을 전공한, 낭만적이고 순수한 사람이었다고 했다.
하얀 책의 속표지에는 이런 글귀가 까만 색 잉크로 씌어져 있었다.
 "건강과 화목,
　그리고 행운을 이 작은 책에 담아 선배님께 드립니다."

모모에는 그 시인이 치유와 깨달음을 담아
세상에 내놓은 그 시집의 시를 한 편씩 예쁜 편지지에 만년필로 적어
가끔 나에게 선물한다.

〈그런 사람〉
　집착 없이 세상을 걸어가고
　아무 것도 가진 것 없이
　자기를 다스릴 줄 아는 사람
　모든 속박을 끊고
　괴로움과 욕망이 없는 사람
　미움과 잡념과 번뇌를 벗어 던지고
　맑게 살아가는 사람
　거짓도 없고 자만심도 없고
　어떤 것을 내 것이라 주장하지도 않는 사람

이미 강을 건너 물살에 휩쓸리지 않는 사람

이 세상이나 저 세상이나 어떤 세상에 있어서도

삶과 죽음에 걸림이 없는 사람

모든 욕망을 버리고 집 없이 다니며

다섯 가지 감각을 안정시켜

달이 월식에서 벗어나듯이 붙들리지 않는 사람

모든 의심을 넘어선 사람

자기를 의지처로 하여 세상을 다니고

모든 일로부터 벗어난 사람

이것이 마지막 생이고

더 이상 태어남이 없는 사람

고요한 마음을 즐기고

생각이 깊고

언제 어디서나 깨어있는 사람.

나는 모모에가 준 이 시를 읽고

어느 스님이 쓴 〈인연 이야기〉라는 책을 떠올렸다.

한 생에서 뿌린 말과 행위의 씨앗들은

그 생에서 끝나는 것이 아니라 다음 생으로,

또 다음 생으로 이어지면서 생의 모습을 결정 짓는다고 한다.

너와 나의 관계는, 신의 장난처럼 우연히 이루어진 것이 아니라

전생에서 뿌린 업의 결과이다. 그렇기에 〈인과경〉에서는
"전생의 일을 알고 싶거든 현재 내가 받는 것을 보라.
내생의 일을 알고 싶거든 현재 내가 짓고 있는 것을 보라"고 했다.
난 힘든 일을 겪을 때마다 이 책을 생각하며
마음을 바로잡고 바르게 살려고 노력한다.

손님이 없는 틈을 타 모모에가 재미있는 이야기를 들려주었다.
옛날에 어느 한 남자와
그 남자를 사랑하는 두 여자가 있었다고 한다.
그 중 한 여자가 남자에게 자신과의 만남을 유지하려면
다른 여자와의 관계를 정리하라고 요구했다.
그 남자는 전화 한 통화로 깨끗하게 그녀의 요구를 들어주었다고 한다.
그 한마디의 말은 무엇이었을까?
 "나는 사실 여자보다 남자를 더 좋아해."

도대체 그 남자는 어떤 사람일까.

모모에가 뜨개질을 시작했다.
크리스마스 전에 빨리 끝내야 하기 때문에

목도리는 포기하고 모자와 벙어리 장갑만 만들고 있다.

그녀가 손재주가 없다는 걸 잘 알기에, 큰 기대를 하진 않는다.

가족들과 나,

그리고 야마다의 것까지 만들려면 부지런히 짜야 할 것이다.

모모에는 뜨개질을 할 때마다,

받을 사람을 생각하며 축복의 기도를 드린다고 말했다.

다가오는 크리스마스가 기대된다.

요즘 〈아츠히메〉라는 드라마에 푹 빠져있다.

미야자키 아오이가 나오는 〈순정반짝〉을 아주 재미있게 봤었는데

그녀가 대하 사극의 주인공을 맡은 것이다.

그렇게 귀여운 모습에서 어떻게 그런 카리스마가 뿜어 나오는지,

참 대단한 배우다.

아츠히메는 가고시마 영주의 딸이었다.

무척이나 총명했던 그녀는 수많은 어려움을 극복하고,

쇼군 이에사다의 아내가 된다.

정치적 위협에서 벗어나고자 했던 쇼군은

바보처럼 살아가고 있었고 그 누구에게도 마음을 열지 못했다.

그러나 자신의 새로운 아내가

이전의 여인들과는 다르다는 사실을 알고
조금씩 자신의 진짜 모습을 그녀에게 보여준다.
쇼군의 거처에는 그런 아츠히메에 대한
온갖 여인들의 시기와 질투가 난무하였고
그녀에게 믿을 사람이라고는
자기에게 엄마처럼 잘해주는 시녀 한 명밖에 없었다.
안타깝게도 이에사다는
자신이 오래 살지 못할 것이라는 것을 알고 있었다.
외로운 아츠히메의 얼굴을 두 손으로 감싸고
가슴속에 새기는 이에사다 역을 맡은 배우,
사카이 마사토의 눈빛 연기는 큰 감동을 주었다.
사실 이에사다는 무척 똑똑하고 생각이 깊은 사람이었다.
비록 드라마 안에서였지만,
두 사람은 완전한 사랑을 나누었던 부부였다.
두 사람이 나누었던 그 눈빛은 내 가슴 속에 영원히 새겨질 것 같다.
정말 훌륭한 드라마였다.
두 사람의 배우가
내게 진정한 사랑을 가르쳐준 무대의 주인공이라면
그 뒤에 있는 감독과 작가, 그 밖의 스태프들은
무대 뒤에 숨어 있는 또 다른 주인공들이다.
세상의 모든 일은 나 홀로 이루는 것이 아니다.

여러 사람이 협력했을 때만이 가능하다.

귀한 신분으로 태어났지만 비극적인 삶을 살아야 했던

이에사다의 인생이 너무나도 안타깝다.

모모에는 드라마 얘기를 듣더니

한국에서 보았던 연극 〈덕혜옹주〉의 주인공도

쇼군 이에사다와 비슷한 삶을 살았다고 했다.

나는 춤을 좋아한다.

춤을 잘 추는 사람을 보면, 무척이나 부럽다.

내가 가르쳤던 춤은 탱고이지만, 조금만 더 날렵한 몸이었다면

마돈나 아무로나미에의 춤을 추었을 것이다.

나는 춤을 추면서 상처받은 내 감정들을 치유했다.

하지만 이제는 더 이상 탱고를 추지 않는다.

탱고 교실에서 난 학생들에게, 내 손을 잡고 춤을 추고 싶다면

오리아 마운틴 드리머의 〈초대〉와 〈춤〉이라는 시를 읽고

그 내용을 마음 속에 진실하게 받아들이라고 말했다.

내가 진정으로 추고자 하는 춤은,

아픔을 치유할 수 있는 영혼의 춤이다.

나는 매 주 상처받은 사람들을 만나며 그들의 손을 잡고 춤을 춘다.

어느 시골 조그마한 교회에 계신, 아주

유머 있는 목사님을 한 분 알고 있다.

그 목사님과 부인은 스트레스를 푸는 아주 특이한 비법이 있단다.

   1. 사모님과 방에 들어간다.

   2. 사모님이 빨간색 내복을 입는다.

   3. 조명을 은은하게 밝힌다.

   4. 시끄러운 음악을 튼다.

   5. 신나게 몸을 흔들며 막무가내 춤을 춘다.

믿기 어렵겠지만, 사실이란다.

오늘 내 책상을 깨끗이 청소했다.

서랍구석에서 엽서 한 장이 나왔다.

요즘은 인터넷 때문인지 엽서라는 것이 큰 의미가 없어진 것 같다.

고등학교 때 모모에와 난

예쁘게 엽서를 꾸며 라디오 방송국에 보내기도 했다.

그 방송국에서는 예쁜 엽서들만 모아서 전시회를 열었는데

모모에와 난 잔뜩 기대를 하고 그 전시회에 갔다.

이런 저런 사연을 깨알같이 써서 듣고 싶은 음악과 함께 보낸

우리 엽서를 발견한 순간

우린 신이 나서 환호성을 질렀다.

진추하와 아비가 부른 〈One Summer Night〉을 들으면,

모모에와 꾸민 그 엽서 생각이 난다.

〈Chelsia My Love〉라는 영화에 나온 곡인데

마음이 고운 진추하처럼, 노래 또한 아주 아름답다.

이번 주에 내가 상담하고 있는 아이들과

영화 〈샤인〉을 보고 토론회를 열기로 했다.

라흐마니노프를 좋아하는 나에게 이 영화를 알려준 건,

역시 모모에였다.

아들의 천재성에 집착한 이기적이고 독선적인 아버지의

과보호 속에서 자란 한 피아니스트는

〈악마의 협주곡〉이라 불리는 라흐마니노프 피아노 협주곡 3번을

연주한 후 정신질환에 시달리게 된다.

영화의 마지막 장면에서 주인공은

아버지의 무덤 앞에서

자신을 돌봐준 여인과 함께 상처에 대한 치유를 얻는다.

이 영화는 호주의 피아니스트 데이빗 헬프갓의 실화를 바탕으로

만들었다고 한다.

그는 런던 국립대학 졸업 연주회에서

실제로 라흐마니노프를 연주한 후 정신 분열을 일으켜

10년 동안 정신 병원에서 치료를 받아야 했다.

이후 열 다섯 살 연상인 부인의 헌신적인 도움으로

재기에 성공했다고 한다.

주인공 역을 맡은 배우는

이 영화로 아카데미 남우 주연상을 수상했으며

직접 피아노를 연주하기 위해 6개월간 피나는 연습을 했다고 한다.

라흐마니노프 역시

자신이 만든 곡에 대한 세상의 혹독한 비평으로 인해

심각한 정신질환에 시달렸고,

작곡에서 손을 놓을 수밖에 없었다고 한다.

한 정신과 의사의 도움을 받아 병에서 회복된 후,

그는 위대한 작품들을 작곡해낸다.

그는 자동차보다 마차를 타고 다니는 것을 좋아했다고 한다.

차이코프스키를 아주 좋아했으며, 낭만파의 마지막 작곡가였다.

모모에는 아버지에 대한 상처가 많은 아이들과 상담 할 때

이 영화를 보게 하라고 추천했다.

아이들에게 가까이 다가가는 방법으로

난 가끔 책이나 영화를 이용한다.

서로의 마음을 훨씬 쉽게 열 수 있는 매개체가 될 수 있기 때문이다.

내가 만나는 아이들 중에는

세상과 단절한 채 어두운 방에서 나오지 않는

'히키코모리'들이 몇 있다.

그 아이들을 볼 때마다, 왜 자기만의 세계로 들어가

문을 걸어 잠궜는지 깊이 생각해보게 된다.

아이들은 대부분 가족, 사회, 학교라는 공동체에서

무관심, 폭력, 집단적인 따돌림, 경제적 곤란을 겪은 아이들이었다.

'히키코모리 치유 학교'라는 곳이 생겼다는데

정작 치유받아야 할 사람은 아이들이 아니다.

그 아이들에게 정신적인 충격을 안겨주었던 사람들을 데려와

치유해야만 그 아이들이 동굴 속에서 빠져나올 수 있을 것이다.

목사님과 상의 끝에,

내년 교회 안에 '히키코모리 사랑학교'를 열기로 했다.

가해자들은 아무 일 없다는 듯 살고 있는데,

피해자만 치유를 받으러 다녀야 하는 상황이 안타깝다.

정작 치유받아야 할 환자는 가해자들일 텐데

당장 사회적으로 큰 문제가 되지 않는다는 이유로

관심 두지 않고 넘어가는 현실이 안타깝다.

치유는 히키코모리 뿐 아니라 이 사회 전체가 받아야 한다.

이 세상에는 아무 이유 없이 다른 사람들을 괴롭히는 사람들이

너무나 많다.

세상의 모든 죄는 부메랑이 되어

나와 내 가족들에게 되돌아온다는 사실을 그들은 알고 있을까?

오늘 모모에게 조금 짜증을 냈다.

평소 그녀의 성격을 모르는 것은 아니지만

너무나 심하게 낯을 가리는 모습에 당황할 때가 가끔 있다.

누구를 구속하는 것도, 누구에게 구속받기도 끔찍이도 싫어하는

좀 유별난 성격이라는 것은 알지만

"타인은 적"이라는 사르트르의 말을

너무 말 그대로 따르는 것 같아 대화를 좀 나누자고 했다.

모모에는, 자기가 사람을 싫어해서는 아니고

단지 혼자 있고 싶을 뿐이라고 했다.

친하지도 않은 사람들과

특별히 공감 가는 주제도 없이 차를 마시며 꼭 앉아있어야 하는지

그런 때면 꼭 벌을 서고 있는 기분이라고 했다.

별다른 용건이나 대화가 이어지지 않으면

그녀는 금방 일어나 집에 가야만 하는 성격이다.

다른 사람들 모두를 친구 삼는 내 성격과는 그토록 대조적인 그녀가

어떻게 내 친구가 됐는지 정말 신기하다고 얘기했더니, 그녀는

내가 나 자신에 집착하지 않고 상대방을 먼저 배려하고,

앞뒤가 똑같은 사람이라 좋다고 했다.

오사카에서 직장을 다닐 때,

회사에 칭찬이 자자한 직원 한 분이 있었다.

그분은 나에게도 참 잘해주셨다.

어느 날, 업무상 이해 관계가 얽힌 문제로

그분의 전화를 받은 적이 있다.

그는 의외로 아주 냉정한 목소리로 자신의 주장을 고집했다.

마냥 착하고 순하기만 해서는

조직을 운영해가기가 어렵다는 생각은 나도 하고 있었기 때문에

그분의 태도가 섭섭하다거나 하진 않았다.

오히려 논리 정연한 모습이 좋아 보였다.

나도 그처럼 화가 날 때는 의사표현을 정확하게 하는 편이다.

정작 내가 그날 그에게 실망한 이유는

내가 승진이 안 되는 게 대학을 나오지 않아서라고,

특유의 교양 있는 말재주로 날 무시해서였다.

난 단지 웃으며 그 상황을 넘겼다.

쓸모 없는 소모전으로 시간을 낭비할 필요가 없다고 생각했다.

그때 그분에게, 〈인연 이야기〉라는 책을 선물하고 싶다.

행여 불가피하게 다른 사람을 몰아붙이고

힘들게 할 수밖에 없는 상황이 있더라도

마음 속에 사람을 대하는 태도에 대한

기본적인 철학은 간직해야 한다.

그건 자신의 나이에 맞게 자기가 책임져야 할 덕목이다.

싫으면 싫다고, 좋으면 좋다고 표현하면 그만이지,

잔머리 굴리면서 다른 이의 뒤통수를 친다면

언젠가는 반드시 후회하게 될 것이다.

그 일이 있은 후,

그분과 친한 다른 직원이 내게 와서 살짝 이야기했다.

　"혹시 철저하게 이중인격인 사람 만나본 경험 있어?"

오사카에서 만났던 사람들은

내가 상담을 하는 데 많은 도움이 되는 고마운 분들이다.

교회 상담실에 갔더니 두 사람이 나를 기다리고 있었다.

난 감기에 걸려 몹시 피곤했지만,

상담을 신청한 사람들은 대부분 절박한 심정이라는 생각에

약을 먹고 상담실에 들어갔다.

A.

고등학교에 다니는 남학생이었다.

공부를 무척이나 잘한다고 했고, 귀공자처럼 생겼다.

그는 자신의 부모가 하루가 멀다 하고 싸운다고 했다.

동생들만 아니라면 짐을 싸서 집을 나가고 싶은데,

장남이라 그럴 수 없어 매일 참는다고 했다.

대학의 어느 교수가

사람이 느끼는 공포를 수치로 비교한 자료를 만들었다.

부모가 아주 심하게 싸우는 모습을 목격한 아이들의 공포감이

전장에서 적군의 총탄에

아군 동료가 쓰러지는 것을 목격하는 공포감과

수치상 비슷하다는 결과였다.

귀공자의 부모는 자식들에게 매일 맛있는 음식과 옷을 입히지만

저녁마다 총알이 빗발치는 전쟁터로 내몰고 있었다.

B.

아주 얌전하게 생긴 스물 두 살의 아가씨였다.

얼굴로 봐서는 별 고민이 없을 것 같았는데,

아주 심한 고통을 겪고 있었다.

그녀는 가난한 집안의 실질적인 가장으로,

가족을 부양하기 위해 유흥업소에 나가고 있었다.

아버지는 일찍 돌아가셨고,

어머니는 술에 의존해 살고 있다고 했다.

동생이 둘이나 있어,

고등학교를 졸업하자마자 생계를 위해 사회로 나와야 했다.

심지어, 자신에게 그렇게 친절했던 친구 하나가

급하다고 돈을 빌린 후 사라졌다.

그녀는 그 친구를 무척이나 원망했다고 했다.

믿었던 친구에게서 받은 배신감이 그녀를 짓누르고 있었다.

힘들게 일을 마치고 집으로 돌아가면

자신에게만 의존하는 가족들이 기다리고 있었다.

그녀는 자신의 삶에 지쳐있었고

진정으로 그녀의 마음을 이해해주는 가족은 단 한 명도 없었다.

겉으로는 집안의 첫째라고 그녀를 대접해주고 위해주는 것 같지만

밥 먹을 때마다 돈 이야기를 꺼내면서

자기들의 욕구 불만을 쏟아놓을 때는

속에서 불길이 치밀어 오르는 것 같다고 했다.

가족들은 아무도 그녀의 인생에 대해 배려하지 않았다.

그녀는 자기가 왜 이런 집에서 태어났는지 원망스럽고,

탈출하고만 싶다고 했다.

그녀는 교회에 나온 지 6개월이 넘었는데도

이방인처럼 예배만 나왔다 사라지곤 했다.

나는 그들과 이야기를 마친 후 함께 기도를 드렸다.

내 눈에서는 끊임없이 눈물이 쏟아져 내렸다.

똑같이 사랑 받기 위해 태어난 사람들인데

하나님께서는 왜 이렇게 여리고 순수한 사람들에게

유독 이런 고난을 허락하신 것일까.

왜 하나님께서는 내 질문에 답해주시지 않는 것일까.

왜 이렇게 이들의 삶은 벼랑 끝에 서있는 것일까.

나에게는 작은 소망이 세 개 있다.

세상에서 가장 가난하고 낮은 자들을 섬기는 작은 병원을

민들레 국수집 옆에 세우는 일.

세상의 상처받은 사람들을 위로하고

그 마음을 치료해줄 치유센터를 세우는 일.

그리고 스물 두 살의 그 예쁜 아가씨가

마음 놓고 성경을 공부할 수 있는

작고 은혜로운 장소를 만드는 것이다.

잠들기 전, 하나님께 이 세 가지 소망을 이뤄달라고 항상 기도한다.

오늘 낮에 아마다에게서 전화가 왔다.

통 연락이 없어 은근히 걱정했는데, 너무나 반가운 목소리였다.

그는 작은 목소리로,

저녁 6시까지 모모에와 극장으로 올 수 있냐고 물었다.

잠깐 만나서 할 이야기가 있다고 했다.

우리는 마사오와 엄마에게 가게를 맡기고 저녁때 극장으로 향했다.

극장에 도착하니, 한 젊은 청년이 우릴 어두운 극장으로 안내했다.

10분 정도 흘렀을까.

조명이 커지더니, 서서히 무대의 막이 올랐다.

무대 위에는 소파와 대본, 찻잔, 전화기가 놓여있는 책상과

의자가 하나씩 놓여있었다.

청바지에 티셔츠를 입은 한 남자가 무대 구석에서 천천히 나왔다.

텔레비전에 나오는 야스다였다.

난 너무 놀라 소리를 지를 뻔 했다.

옆자리의 모모에를 돌아본 순간,

그녀의 '양파'가 야스다라는 것을 직감적으로 알 수 있었다.

그가 자신의 무대 위에서 대본 연습을 하고, 차를 마시며,

친구에게 전화를 하는 일상적인 모습을 우리는 마음껏 볼 수 있었다.

대본 연습을 하는 그에게서

소름 끼칠 정도의 강렬한 카리스마가 느껴졌다.

우린 무대에서 도저히 눈을 뗄 수가 없었다.

혼자서 무대를 이끌어가는 모습을 보며

그에게 얼마나 많은 시간과 노력이 필요했는지

마음으로 느낄 수 있었다.

야스다는 우리에게 마지막으로 보여줄 것이 있다며,

무대 밖으로 나갔다.

잠시 후 멋있는 수트를 입고 돌아온 그는

기타를 들고 소파에 앉았다.

모모에와 나는 그의 기타 반주에 맞춰

〈Try to Remember〉를 함께 불렀다.

우리만의 황홀했던 연극이 끝난 후

우릴 안내했던 그 청년이 다가와,

야마다에게 급한 약속이 생겨 만날 수 없다고 했다.

나는 놀라움과 흥분이 가라앉지 않은 상태로 집으로 향했다.

그런데 차 안에서 모모에의 표정은 그리 밝지가 않았다.

나 같으면 신이 나서 춤이라도 출 텐데,

그녀는 왜 그렇게 말이 없었는지 모르겠다.

점심 때 모모에와 나는 공원 벤치에 앉아 잠시 이야기를 나누었다.

그녀는 오늘 야스다에게 마지막 편지를 보냈다고 고백했다.

　"데레사, 나는 어제 참 부끄러웠어.

　내가 만일 야스다였다면, 절대로 잘 알지 못하는 아줌마를 위해 무대에 오르지 않았을 거야.

어쩌면 그는 나에게 에델바이스같은 존재였어.

너무 높이 있어서 내가 가까이 갈 수 없는 사람.

그에게 나의 존재를 알리고 싶었고,

그 수단으로 사용한 것이 책과 음악이었어.

그의 외모와 재능을 무척이나 동경하고 좋아했어.

그는 어제 평범한 모습으로 우리에게 다가오려고 노력했지만

난 오히려 그 모습에 더 큰 매력을 느꼈고,

그를 인간적으로 좋아하게 될까 봐 두려웠어.

그에게 보여주기 위한 독서를 하는 내 가식적인 모습이

조금씩 부끄러워지고

내 자신에 점점 더 솔직하고 진실해지고 싶다는 생각이

요즘 내 머릿속을 채우고 있었는데,

어제 그가 내 눈앞에 나타난 거야.

그는 내게는 정말 고마운 사람이야.

그에게 잘 보이기 위해서 책을 읽다가,

내가 얼마나 축복받은 사람인지 깨닫게 됐어.

세상에는 너무나도 많은 사람들의 슬프고 아픈 영혼이

차가운 말들과 눈빛 속에 죽어가고 있어."

모모에의 고백에 나는 아무런 말도 하지 않았다.

누군가를 좋아했다가 한 순간에 멈춘다는 것이
얼마나 쓸쓸한 일인지 누구보다도 잘 알고 있기 때문이었다.

메구미 교회의 안나가
오늘 우리 카페에 직접 만든 케이크를 가지고 찾아왔다.
안나는 모모에와 아주 친하다. 서로 텔레파시가 잘 통한다.
모모에는 가끔 그녀에게 책을 빌린다.
안나는 대학에서는 예술학을 전공했다고 했다.
이후에 프랑스의 유명한 요리학교에서 2년 동안 공부한 후,
얼마 전에 귀국했다.
그녀는 파리의 여자들처럼 옷도 무척이나 세련되게 입는다.
아주 날씬하기도 하다.
안나의 케이크는 모모에가 만든 아세로라무스만큼 맛있었다.
모모에와 나는 그녀의 케이크를
민들레 카페의 새로운 메뉴에 포함시켰다.
맛이 꼭 하나님을 사랑하는 안나의 예쁜 마음씨와 닮은 것 같아
케이크의 이름은 '안나의 사랑'이라고 지었다.
다음 주부터 민들레 카페에 오는 손님들은
'안나의 사랑'을 만날 수 있을 것이다.

"길이 멀면 말馬의 힘을 알게 되고,
 날이 오래면 사람의 마음을 알게 된다."

내가 고마움을 잊고 살아가고 있다는 것을 깨달을 때나,
나를 힘들게 하는 사람들을 만나거나,
다른 사람들을 쉽게 단정짓고 판단하고 있다는 것을 알게 될 때,
생각나는 문구다.
'겸손'이라는 단어를 생각하면
머리 속에 떠오르는 인물이 한 명 있다.
2002년 노벨화학상을 수상한 다나카 고이치라는 분이다.
이전까지 그는 집과 회사밖에 모르던,
평범한 학사 출신의 40대 연구원이었다.
노벨상을 받은 후 텔레비전에 출연한 그의 모습을 보고
많은 사람들이 신선한 충격을 받았다.
사람들의 예상과는 달리,
그는 그저 겸손하고 가정적인 평범한 가장이었던 것이다.
다나카 고이치는 회사에서 제공한 고급 승용차를 거부하고
노벨상을 탄 후에도 여전히 전차를 이용한다고 한다.
노벨상 탄 '전차남'인 것이다.

그가 얼마 전 자서전을 출판했는데, 거기에 씌어있는 문구이다.

　"목표를 90% 설정해도

　　다른 요인 때문에 잘 되지 않는 수도 있지요.

　　그렇다고 자꾸 목표를 낮춘다면,

　　악순환에 빠질 가능성이 있습니다.

　　200%로 목표를 정해도 실패할 테니,

　　처음에 110~120%를 목표로 하는 겁니다.

　　목표를 달성하지 못하더라도

　　'조금 높게 했으니 할 수 없지' 하고 편히 생각할 수 있습니다.

　　그런데 목표를 120%로 잡으면, 간혹 성공하는 경우도 있습니다."

나는 만나고 싶은 인물이 한 명 있다.

유명한 홍보회사의 직원이었던 그녀는 어느 날 갑자기 사표를 내고
세계 여행을 떠났다.

세계의 오지를 여행하고 온 그녀는, 자신의 경험을 책으로 냈다.

그녀의 별명은 '바람의 딸'이다.

이후에 국제구호개발기구 월드비전에서

긴급 구호팀장으로 세계를 누비고 있다.

가난한 아이들이 있는 곳에 달려가

그들을 위해 일하고 도움을 주었다.

그녀는 사람들에게 '가슴 뛰는 일을 하라'고 외친다.

카페에서 사람들이 나누는 이야기를 자연스럽게 듣고 있다 보면

요즘 사람들은 남의 집과 우리 집, 남의 집 자식 점수와 내 자식 점수,

내 배우자와 상대방 배우자를 비교하는 것만이

일상처럼 되어버린 것 같다.

내가 싫어하는 대표적인 유형이 부정적 사고를 가진 사람과

자기 말만 하는 사람이다.

긍정적인 사람들과의 대화는 미끄럼 타듯이 즐겁고 화기애애하다.

대화를 끝내고 헤어져도 기분이 상쾌하다.

부정적인 사람과, 남의 말을 안 듣고 자기 말만 하는 사람과

이야기하다 보면

때때로 대화 자체가 꽉 막혀버려서

더 이상 이어가고 싶지 않을 때가 있다.

매사에 비판하려고만 하고

원만한 대화를 나누는 기본 상식이 결여되어 있으면

끊임 없이 옆에 있는 사람을 피곤하게 만든다.

그래서 여러 사람들에게 노출되어 있는 직업을 가진 사람들을 보면

정신적으로 많이 피곤할 것 같다는 생각이 든다.

수많은 사람들의 장단점을 다 보아야 하기 때문이다.

나는 아무 생각 없이 사는 사람들과 이야기 나누는 것을

좋아하지 않는다.

그 '바람의 딸'은 왠지 나와 대화가 잘 통할 것 같다.

무엇인가 가슴 속에 뜨거움이 있을 것만 같다.

나도 말 빠르고 싸움 잘하고 정 많고 부지런한 데는

남에게 뒤지지 않는다.

모모에는 그녀에게 '바람의 딸'이라는 별명 대신

새로운 별명을 지어주었다.

세상의 모든 가난하고 헐벗은 사람들을 위해

열심히 두 발로 뛰어다니고 후원금을 모으는 정렬의 '수금전사'.

그녀의 새로운 별명이다.

나는 작년 월드비전에서 만난 케냐의 한 소년에게

크리스마스 선물로 양 세 마리를 보내주었다.

소년의 이름은 레쿠추라 로크와투이다.

양치기 목동이 된 소년이 건강하고 행복하길 진심으로 기도한다.

나는 저녁때 가끔 라디오 방송을 듣는다.

내가 좋아하는 여자 목사님이 나오기 때문이다.

목사님은 대학에서 피아노를 공부하셨다고 한다.

여러 사람의 축복 속에 기독교 집안의 남편을 만나 결혼했으나

고된 시집살이 끝에 몸과 마음에 병을 얻어,

이혼을 결심하고 가출했다.

그러나 기도 중에 하나님을 인격적으로 만나게 되었고,

이후 그녀의 삶이 변화되었다고 한다.

남편의 죽음을 계기로 목회자의 길로 들어선 그 목사님이 개척한

교회의 성도 수는 지금 사천 명이 넘으며

목사님이 경험한 그 혹독한 시간들은 사람들의 마음을 치유하고

위로하는 데 커다란 도구로 사용되고 있다.

목사님은 얼마 전 〈결혼을 지켜야 하는 11가지 이유〉라는 책을

세상에 내놓았다.

위기에 처한 많은 가정들을 목격하고 깨달은 바를 기록한 책이란다.

상담을 하다 보면,

정말 내가 나서서 이혼시키고 싶은 가정도 많다.

하지만 쉽게 이혼을 결정한 후

세월이 지나 돌이킬 수 없는 후회를 하는 사람도 많이 만나보았다.

이혼은 당사자만의 문제가 아니다.

오히려 결혼을 할 때보다 수십 배 신중하게 결정해야 하는 것이

이혼이다.

만약 위기의 가정에 자신이 속해 있다면

이 목사님의 뜨거운 말씀을 들어보라고 권하고 싶다.

내가 세상에서 만난 사람 중 최고의 가정문제 상담가이다.

오늘 모모에가 지나가는데 향수 냄새가 코끝을 스쳤다.
무슨 향수냐고 물었더니, 가방에서 꺼내 보여주었다.
향수 병엔 불어가 씌어 있었는데,
병 뚜껑에는 엄마와 딸이 손을 잡고 있는 모습이 그려져 있었다.
엄마의 따뜻한 사랑이 숨어 있는 그런 향기였다.

크리스마스 행사 때문에 정신 없는 하루를 보냈다.
야마다를 교회에 초청하고 싶었지만, 전화를 받지 않았다.
또 샌프란시스코에 간 것일까?
모모에도 고맙다는 말을 꼭 하고 싶은데 연락이 안 된다며 걱정했다.

하늘에서 아내를 만난 야마다의 눈물은 지금 눈꽃이 되어 내 얼굴을
적시고 있다.
이틀 전 야스다에게서 전화가 왔다.

모모에와 나는 정신 없이 민들레 병원으로 달려갔다.

병원 복도 의자에 앉은 야스다는

우리에게 엄청난 비밀을 털어놓았다.

야마다가 일년 전부터 암으로 투병하고 있었다는 것이다.

야마다는 야스다에게 연기를 가르쳐 준 스승이자,

인생의 멘토라고 했다.

미국 가족과 떨어져 외롭게 사는 야마다를 야스다가 지켜준 것이다.

우리는 천천히 병실 문을 열고 들어갔다.

나는 무척이나 떨리고 슬펐지만 울지 않으려고 안간힘을 썼다.

우리 집 단골 손님인 히로또도 병실 안에 있었다.

그는 야스다의 운전을 도와주고 있는 매니저였다.

겁 많고 소심한 모모에는

너무나 담담한 표정으로 야마다의 곁에 앉았다.

그녀는 두 손으로 야마다의 두 손을 꼭 잡고

작은 목소리로 속삭였다.

　"연락이 안돼서 많이 걱정했어요."

항암제 때문에 하얀 모자를 눌러 쓴 야마다가

그녀를 쳐다보며 작은 미소를 지었다.

잠시 후,

마지막으로 사진을 찍고 싶다며 자신을 일으켜달라고 말했다.

모모에가 가방에서 핸드폰을 꺼내려고 하자,

야마다는 고개를 좌우로 흔들었다.

두 손의 손가락을 펴서 네모를 만들더니

나와 모모에, 야스다와 히로또 모두에게 가까이 오라고 말했다.

우리 네 사람은 손가락 사진기 안에 있는 야마다의 눈동자와

마지막 작별 인사를 나누었다.

네 사람 모두의 눈에서 참았던 눈물이 뚝뚝 떨어졌다.

다음날 오후, 가슴 속에 우리 네 사람을 간직한 야마다는

아주 먼 곳으로 떠났다.

그는 자신의 두 각막을 세상에 마지막 선물로 남겼다.

야마다의 장례 미사가 있었다.

셀 수도 없이 많은 사람들이 성당을 가득 메우고 있었다.

우리가 성당에 도착했을 때, 한 수녀님이 다가오더니

예쁜 선물상자 두 개를 우리에게 주고 가셨다.

야마다는 모모에에게 아름다운 글들을 모은

〈6월의 가마쿠라〉라는 표지의 노트와

그녀가 가지고 싶어했던 별을 든 천사목걸이를,

나에게는 펜으로 잠언을 직접 쓴 노트와

십자가 목걸이를 마지막 선물로 주었다.

모모에는 아무도 없는 성당 밖 의자에 앉아 한참을 울었다.

나는 민들레 카페를 그만두었다.

목사님께서 상담실 일을 전적으로 나에게 맡기신 것이다.

나는 나를 가슴 뛰게 만드는 일이 바로 그 일이라는 것을 알았다.

　"넌 진실한 마음을 가지고 있어서

　　사람들의 마음을 치유할 수 있을 거야."

모모에도 용기를 주었다.

모모에도 더 이상 카페에 나오지 않는다.

그녀는 조용히 집에만 있는 것을 좋아한다.

얼마 전부터 일주일에 한번씩 태우와 사진을 배우러 다닌다.

모모에의 큰오빠가 카페의 새 매니저가 되었다.

나와 모모에는 야마다에 대한 추억에 대해

한 마디도 이야기하지 않는다.

그가 남긴 흔적이 너무나도 크다는 것을 계절이 바뀔 때마다,

시간이 지날수록 더 절실히 느낀다.

나는 상담실에 '연극치료교실'이라는 프로그램을 새로 만들었다.

내가 무척이나 좋아하는 찬송이 하나 있다.
가끔 교회의 메구미 성가대에서 부르는 이 찬송을 들을 때마다
가슴 한 구석이 먹먹해 오는 것을 느낀다.

　주 여호와의 신이 내게 임하셨으니
　이는 여호와께서 네게 기름 부으사,
　주 여호와의 신이 내게 임하셨으니
　가난한 자에게 아름다운 소식을 전하게 하려 함이라.
　나를 보내사 마음이 상한 자를 고치며,
　포로 된 자를 자유케,
　나를 보내사 슬픔이 있는 곳에 위로를,
　우리를 통해 하시기 원함이라.

오늘은 그가 세상을 떠난 지 1년이 되는 날이다.
야마다가 떠나기 전 나에게 남긴 노트에는
민들레 카페의 커피를 마시고 싶다는 메모가 씌어 있었다.
나는 그에게 따뜻한 커피와

그가 무척이나 좋아했던 앙드레 지드의 〈좁은 문〉을,

모모에는 털실로 짠 모자와 장갑

그리고 신카이 마코토의 〈초속 5 센티미터〉를 그에게 선물했다.

그녀는 모자를 그의 작은 비석에 씌워 주었다.

멀리서 장미꽃을 든 남자 두 명이 우리 쪽으로 걸어오는 것이 보였다.

야마다를 만나고 온 모모에는 내 방에서 깊은 잠에 빠졌다.

잠에서 깨어난 그녀에게 물어보았다.

  "모모에, 달콤한 꿈을 꾸었니?"

  "아니."

  "그럼?"

  "나의 고민을 들어주는 마더데레사 수녀를 꿈 속에서 만났어."

내 방에 흐르는 마르첼로의 오보에 협주곡 소리와

모모에의 작은 미소가

나를 베니스의 아름다운 바닷가로 데리고 갔다.

한 마리의 새가 내 곁을 스치고 지나간다.

[끝]

나의 사랑하는 사람들

그리고...

모모에

마리모

안나

from 지후아타네호

민들레 옷가게의 비숑

첼로 선생님

케냐의 목동

뜻밖의 행운

모모에의 거울

기억의 조각들

민들레 카페의 머핀

커피 한잔의 여유(at Color Me Mine)